捨てられた花嫁と山神の生贄婚

飛野 猶

STARTS
スターツ出版株式会社

目次

捨てられた花嫁と山神の生贄婚

第一章　美しい妹と虐げられた姉

「ちょっと、絹子《きぬこ》！　もう少し丁寧にやりなさいよ。なんでそんなに下手なの!?」

ふたつ下の妹、美知華《みちか》がヒステリックな声で叫ぶ。

名は体を表すかのごとく人目を引く華やかな顔立ちをした美知華は、おろしたばかりの煌《きら》びやかなドレスに身を包んでいた。まるで西洋の一流の職人が作り込んだお人形さんのようだ。

だが、今はその可愛《かわい》らしい顔を歪《ゆが》ませて眉間に深く皺《しわ》を刻み、鏡台の前で鏡越しに姉の絹子を睨《にら》んでいた。

「申し訳ありません、美知華様」

絹子は俯《うつむ》き加減のままほとんど表情を動かさずに謝り、美知華のウェーブのかかった長い髪をブラシでより一層丁寧に梳《と》いていく。

今だって、なにも雑な梳き方をしていたわけではない。美知華は絹子がやることにはいつも不平を言い、怒りをぶつけてくるのだ。ときには手を上げてくることさえあった。

絹子にできることはただ頭を下げて決して逆らわず、理不尽な要求に従い続けることだけ。

華やかな妹とは対照的に、絹子の姿はみすぼらしかった。

擦り切れて色褪《いろあ》せた古着の和服。もとは朱色がかっていたであろう木綿の小袖は茶色くすみ、破れたところを何度も継いだため継ぎはぎだらけになっている。女中が捨てたぼろ着を繕って、なんとか着られるようにしたものだった。

絹子の背後からは嘲《あざけ》るような笑い声が聞こえてくる。美知華の支度を眺めていた、継母の蝶子《ちょうこ》だ。

彼女も贅《ぜい》を尽くしたドレスを身にまとっている。そして、クジャク羽の扇子《せんす》で豊満な胸元を優雅に扇《あお》ぎながら、その真っ赤に彩られた唇を楽しそうに歪めた。

「その子は、生まれつき愚鈍なのだから仕方ありませんことよ。なにをやらせても半人前。不愛想で物知らず。そのうえ薄気味悪くて、目にした人を不愉快にさせるしか能のない娘なのですから。そういう娘はどこかに売られるのが関の山なんでしょうけれど、旦那様は慈悲深い方だから残してあげているのよ」

「お父様は甘すぎますわ」

そんなことを言って蝶子と美知華は笑い合う。

蝶子は、もとは父・茂《しげる》の愛人にすぎない女だった。そのうえ茂は、三笠《みかさ》家の婿養子。商家として財をなした三笠家だったが跡取りに恵まれず、ひとり娘であった絹子の母と結婚してこの家と三笠商会を継いだのだ。

しかし、商会を仕切っていた祖父が亡くなり、絹子の母もあとを追うように亡くなると、茂は好き勝手をするようになった。

　母が亡くなったのは絹子が四歳のときだったが、その翌月にはもう愛人の蝶子と、茂との間にできた隠し子の美知華を屋敷に呼び寄せている。美知華はまだ二歳になったばかりだった。

　そのときから、絹子の苦労は始まった。

　茂は蝶子と美知華を溺愛し、母によく似た容姿を持つ絹子のことを無視するようになった。そのため蝶子と美知華も絹子を軽んじ、まるで女中みたいに扱った。茂の目の前で露骨《ろこつ》ないじめをすることも多かったが、茂は見て見ぬふりをするだけ。

　学校も、妹の美知華は華族も通う私立の名門女学校へ通っていたが、絹子は地元の尋常小学校に四年間通わせてもらっただけだ。高等小学校に進むことすら許されず、そのあとはひたすら女中のように家事をして過ごしてきた。

　絹子にとっては、この家こそがすべて。逃げ出す術《すべ》などなかった。

　あかぎれのできた細い手で丁寧に美知華のつややかな髪を梳き、今、舞踏会で流行《はや》りだという髪型にまとめたあと、鏡台の上にある豪華な装飾がちりばめられた銀の髪飾りで留めた。

「まぁ、こんなもんかしらね。絹子にしては、上出来ね」

　鏡の中の着飾った自分を見て、美知華は上機嫌だ。

「ありがとうございます」

絹子は無表情のまま美知華に深くお辞儀をするが、そこに蝶子がヒールをカツカツと鳴らしてやってきたので、邪魔にならないようにさっと脇に避《よ》ける。

彼女の進路を邪魔したと言って蹴られたことも一度や二度ではない。そのため、彼女が視界に入ると身体が反射的に動くようになっていた。目を合わせただけでなにを言われるかわからないため、俯いて無表情でいることもこの家で生きるために身につけた術だ。

幼い頃からずっとそうやって生きてきた。笑い方すら、とっくに忘れてしまった。

「さあ、美知華さん。馬車の用意はできているわ。そろそろ出かけないと遅れてしまいますわよ。今日の舞踏会には華族のご子息たちもいらっしゃるのですから、気合いを入れていかなければ。絹子！　暖炉の火を絶やさないようにしてちょうだいね！」

蝶子と美知華は日比谷《ひびや》の華族会館、旧・鹿鳴館《ろくめいかん》とも言われる場で開かれる、外国からの大使を歓迎する舞踏会に参加するのだそうだ。

本来であれば三笠家の長女である絹子も招かれてしかるべきものである。しかし、十六歳になれば良家の紳士淑女は社交界に参加するよう政府のお達しが出ているにもかかわらず、今年十八歳になる絹子はそんな煌びやかな世界とは縁がなかった。

父の茂が、三笠家の跡取りは美知華であり、絹子は病弱で長くは生きられないため、社交の場には出られないと公表していたからだ。

絹子は世間から完全に忘れられた存在となっていた。誰も彼女の境遇に気づかない。誰も気にとめない。ただ虐《しいた》げられて生きる道しか絹子には残されていなかった。

(でも……それも、仕方ないのかも)

物心つく頃から、ただ家族の機嫌を損ねないようにと下働きをして生きてきた絹子。美知華たちが出かけたあとの鏡台を片付けながら、ふと鏡に映った自分の姿を見て小さくため息をつく。

そこに映るのは、貧相な顔のやせ細った女だった。年頃の娘のようなはつらつさの欠片《かけら》もない。肌にも髪にも艶《つや》はなく、伸ばしっぱなしの黒髪を端切れで作った紐で後ろにひとつくくりにしただけのみすぼらしい姿。

生き生きとした肌艶の美しさと若さが溢《あふ》れる美知華とは比べるべくもなかった。

そのうえ、絹子にはもうひとつ、他人とは違う特徴があった。

今は黒いだけのこの瞳が、夜の闇の中にいるとうっすらと青く光るらしいのだ。絹子自身は暗闇で鏡を覗《のぞ》きでもしない限り見ることができないため、あまりそれを実感したことはないし、特段生活に支障があるわけでもない。しかし、美知華たちにはまるで獣のようだと薄気味悪がられていた。

そんな不気味で貧相な姿を持つ愚鈍な自分が、今の境遇に不満を持つなんておこがましい。そう思い込んでいた。

その日の夜遅く。

使用人たちが寝静まったあとも家事をしていた絹子が、ようやく今日やるべきことを終えて、普段寝起きしている女中部屋へ戻ろうとしたときのことだった。

応接室のわずかに開いたドアの隙間から、蝶子の荒げた声が聞こえてくる。

その声の調子から、機嫌が悪そうな様子がうかがえた。

どうやら話している相手は茂のようだ。

「だから、うちにはもう本当に金がないんだ。これ以上、どこの銀行も貸してやくれない」

疲れた声を出す茂に対して、

「だからって、生活の質を落とせっていうんですの!?　美知華は今が一番大事なときなんですのよ!?　ここで上流の方々とつながりを作って、華族の次男あたりを婿養子として引き込めれば、うちも安泰じゃないですの！」

絹子は大きな声で喚《わめ》く。

「そうはいってもだな。うまくいくかどうか……」

ふたりは金のことで言い争っているようだ。

三笠家にもうあまり金がないのは絹子も薄々感じている。

女中や使用人たちの給金はぎりぎりまで削られているらしく、陰で愚痴っているのをよく耳にした。専属雇用していた庭師もやめさせたばかりだ。

それでも、蝶子たちの浪費は止まらなかった。毎週のように洋服屋を呼びつけては新しいドレスを仕立てさせ、高価な宝飾品を買い求めた。

美知華には一流の家庭教師をつけ、たびたび屋敷に有名人や有力商家、華族などの上流階級の人々を呼んではパーティ三昧《ざんまい》の日々。

あれではいくら三笠家に貯えがあったとしても、ほどなく使い切ってしまうだろう。

しかし、それでも蝶子の不満は収まらないようだ。

「そもそもは、あなたの事業がうまくいってないのが原因じゃないの！」

「それはだなっ！」

ふたりの言い合いの声は廊下まで漏れてくる。

こういうときに顔を合わせたりしたら、八つ当たりになにをされるかわからない。

絹子は気づかれぬようそっとドアの前を通り過ぎようとした。

しかしそのとき、蝶子の口から「絹子」という言葉が聞こえたため、絹子は飛び上がらんばかりに驚いて足を止める。

姿を見られたのかと身をすくめ、小言が飛んでくるのを待っていたが、蝶子が廊下にやってくる気配はない。なおも茂と言い合いを続けるばかり。

どうやら姿を見られたわけではないようだ。しかし、なぜか絹子のことが話題に上っているらしい。立ち聞きは悪いと思いつつも、どうしても気になった。

絹子はわずかに開いた扉の陰から、漏れ聞こえてくるふたりの会話に耳を澄《す》ませた。

「そうよ。絹子がいるじゃない。ちょうどいいわ。あの子を使って、もう一度アレをすればよろしいんでなくって？」

さっきまでの剣幕はどこへやら。蝶子の口調が、まるでとっておきの秘め事を話すような調子に変わっていた。その話しぶりは楽しそうでもある。

アレとはなんのことを言っているのか絹子にはさっぱり見当すらつかない。

しかし、蝶子が難癖つけて絹子をいじめるときと同じ、嗜虐《しぎゃく》に満ちた艶のある声で話していたのが、とても恐ろしく感じた。

蝶子がそんな風に楽しげに語る話が、絹子にとっていいものであるはずがない。

扉の陰で震える絹子の存在を知る由もなく、蝶子は声を弾ませて話し続ける。

「何代か前にやったのでしょう？　三笠家は故郷の山神様に〝生贄《いけにえ》〟を捧げて加護を得たおかげで商売がうまくいって財を築いたと、前に茂さんも言ってたじゃないですか」

「そんなことをいったってだな……」

「もう一度同じことをすればいいだけじゃないですか。生贄は三笠の血を継いだ者でなければならないのでしょう?」

蝶子の言葉に、茂はフムと唸《うな》る。

「たしかにそうだな。三笠家はもともと、故郷の山々を鎮める祭司の家柄だったそうだ。その血を継ぐのも、今は絹子ただひとり。アレを山に返せば、かつて三笠家に加護を与えてくださっていたという山神様もお喜びになって、再びあつい加護を与えてくださるかもしれんな」

「そうよ。だめもとでやってみましょうよ。うまくいかなかったとしても、なんの使い道もない半人前を厄介《やっかい》払いできてちょうどいいわ。あの陰鬱《いんうつ》な顔を見るだけでも嫌な気分になりますもの。フフフ」

蝶子の笑い声が廊下まで漏れてくる。絹子に難癖つけていじめるときにいつも見せる笑い方だ。

そこまで聞いたところで絹子は怖さに耐えきれなくなって、慌ててその場をあとにした。

気づかれないように足音を忍ばせ、小走りで女中部屋へ駆け込む。ドアを閉めて背を預けたところで、ようやく一息つくことができた。

まだ心臓が、ドクンドクンと嫌に大きく鳴っている。

一緒に寝起きしている女中たちは、もう布団にくるまって寝ているようだ。

ほかの人たちを起こさないように静かに押し入れから布団を取り出すと、部屋の一番隅に薄い布団を敷いて、頭から掛け布団をかぶる。足を抱えるように引き寄せて縮こまり、両腕で身体を抱きしめた。

もうすっかり暖かな季節だというのに、身体が震えて仕方ない。

蝶子たちがなにを話していたのか、絹子にはさっぱり理解できなかった。しかし、それがとても恐ろしいことだということはわかっていた。

蝶子の笑い声とともに〝生贄〟という言葉が何度も脳裏に蘇《よみがえ》ってきて、怖さのあまり少しも眠れなかった。

それから、ひと月が経《た》った曇りの日。

絹子は白無垢《しろむく》姿で、細く険しい山道を歩いていた。

ふもとまでは馬車で来たが、そこからはずっと歩きだ。

馬車を降りたときには真っ白だった草履《ぞうり》は、跳ね返る泥ですっかり汚れてしまっていた。

ここは、三笠家が所有する山だ。

三笠家はかつてこの辺り一帯を治める地主だったのだが、現在所有しているのはこの山だけで、ほかにはふもとの村に別宅をひとつ残すのみとなっている。生活の拠点は帝都の本宅に移って久しい。

そのため、絹子がこの山に足を踏み入れるのは二回目だった。

前にこの山に登ったのは、絹子がまだほんの十歳になったばかりの頃。祖父の年忌法要で別宅に来た際に、大人たちの会食に飽きた美知華が外で遊びたいと駄々をこねるため、小間使いが山へと連れてきてくれたのだ。絹子も美知華のお守りとして一緒に山歩きを楽しんだ。

しかし、あのときとは違い、今はひどく心が沈んでいる。空を見上げると今にも雨が降りそうな曇天《どんてん》が、絹子の代わりに泣きだしそうに見えた。

列の先頭には婚礼の儀を取り仕切る神主が、烏帽子《えぼし》に狩衣《かりぎぬ》姿でしずしずと歩く。その後ろには黒い紋付羽織袴《もんつきはおりはかま》の茂と、同じく紋付きの黒留袖《くろとめそで》に身を包んだ蝶子が続いている。

さらに一歩遅れて、白い綿帽子をかぶり白無垢を着た花嫁姿の絹子が重い足取りで歩いていた。

しかし、絹子の隣に本来いるべき新郎の姿はない。それは、新郎のいない奇妙な花嫁行列だった。

つい三週間ほど前。絹子は父の茂に呼び出されて、突然言われたのだ。

『お前は、山神様に嫁ぐことになった』と。

それからあっという間に、絹子の意思とは関係なく婚礼の準備が進められて今日を迎えた。

茂が話してくれたところによると、今から百年ほど前にも絹子と同じように三笠家から山神様に嫁いだ人間がいたのだそうだ。

その人はこの山の中腹にある家で生涯を山神様の伴侶《はんりょ》として過ごし、それにより三笠家は山神様の加護を受けてずいぶん栄えたのだという。

今の三笠家は、そのとき築いた財産を取りつぶしつつ生きながらえてきたようなもの。

その財産がついに蝶子たちの浪費によって尽きてしまったため、再び山神様に身内から妻を捧げ、加護を得ようというのだ。

茂の隣では、蝶子が目を弓なりにして微笑《ほほえ》んでいる。うまく加護を得られれば再び三笠商会の事業も上向くかもしれない。なにもなくとも、目障りな絹子を追い出せるだけでも嬉《うれ》しいのだろう。

絹子に断る自由など微塵《みじん》もなかった。

白無垢の純白の色が、まるで死に装束のように思える。

重い足取りで進む絹子の後ろには、名門私立女学校のセーラー服を着た美知華がついて歩く。美知華からは時折「フンフン♪」と楽しそうな鼻歌まで聞こえてきた。

そのあとに続く親類たちも、時折、気の毒そうな目を絹子に向けることはあるものの、茂たちの所業に異を唱えるものはいなかった。

ほとんど獣道のような山道を抜けてしばらく歩くと、川のそばに出る。今度はその川に沿って山を数時間登っていくと、突然目の前が開けた。

ドドドという身を震わせるような低い音。それとともに、切り立った崖の上から大量の水が白い帯のようにして流れ落ちる美しい滝が目の前に現れた。

その滝つぼのそばに、ほとんどあばら屋といっていいほどの小さな平屋が建っている。

まさかここが？と目を疑ったけれど、花嫁行列はまっすぐにそのあばら屋へと向かっていた。

さすがの美知華もごくりと生唾を飲み込むと、このときばかりは同情的な目を絹子に向けて、取り繕うような笑顔で話しかけてきた。

「お、お姉様。素敵な新居ですわね。神様と結婚するなんて、羨ましいですわ」

そんなこと微塵も思っていないだろうに、親戚たちの手前、美知華はよい妹を演じようとしているようだ。

(だったら、あなたが嫁げばいいのに……)

喉まで出かかった言葉を絹子はのみ込んだ。

今ここで恨み言を言ったところで、状況が変わるわけではない。自分は生涯をこのあばら屋で過ごすしか生きる道はないのだ。

諦《あきら》めの気持ちで心が塗りつぶされていく。

女中のように使われる身であっても、帝都の本宅にいれば粗末ながらも食べるものには困らなかった。年の近い女中たちと話すことで気が紛れることもあった。

しかし、ふもとの村から離れたこのあばら屋には人の気配がまるでない。

ここでどうやって生きていけばいいのだろうか。

美知華たちはこれが済めばすぐに帝都にある本宅に戻り、今までと変わらない華やかな生活を続けるに違いない。

もし本当に絹子の犠牲によって山神様の加護が得られるのなら、その加護で得た富でこれからも贅沢三昧に暮らしていくのだろう。

（でも、加護なんて本当にあるのかしら。山神様といったって……）

この山には特段、神社や社《やしろ》のようなものがあるわけでもないらしい。

山神様は、この山そのもの。この山に祈りを捧げることで辺り一帯に豊かな実りがもたらされるという。

さらに、三笠家の先祖は身内を神様の嫁として捧げ、より強固な加護を得て富を築いた。

どこまで本当のことなのか、絹子には知る由もない。

今はもう迷信がまかり通る時代ではなく、文明が開化した明治の世。かつて信じられていた迷信や風習を、科学的ではないと切り捨てた新しい世の中だというのに、困ったときだけ神にすがろうとする彼らを滑稽《こっけい》だとすら絹子は思った。

もう神頼みをするしかなす術がないほど、三笠家の家計は火の車なのだろう。

茂たちのあとについて、絹子もあばら屋へと足を踏み入れる。

見上げた天井には、ところどころ穴が開いていた。狭い室内は、全員が入るともういっぱいだ。

婚礼の儀に使う祭壇すらここにはない。

そんな粗末な場所で、婚礼の儀はつつがなく行われた。

斎主《さいしゅ》である神主が祝詞《のりと》をあげ、朱色の盃《さかずき》でお神酒《みき》をいただき、榊《さかき》の枝でできた玉《たま》串《ぐし》を奉納する。

新婦だけで行われる、それは奇妙な結婚式だった。

絹子はただ言われた通りの手順を淡々とこなす。そこにはなにも感情は伴ってはおらず、死んだ魚のような目で願うのは、早くこの茶番が終わればいいのにという、それだけだった。

ただ、雨戸の壊れた格子窓に一羽の白い雀《すずめ》がとまっているのを見たときだけ、ほんの一瞬、その可愛らしさに頬が緩んだ。ちゅんちゅんと愛らしい仕草で格子窓の間を歩く姿に目元がやわらぐ。

あの雀のように好きな場所で好きなように生きられたらと、少し羨ましかった。


式が終わると、誰ひとり絹子に声をかけることもなく、みな絹子と目を合わせないようにするかのごとく俯いたまま早々に山を下りていってしまった。

絹子はあばら屋の戸口に立ち、彼らの後ろ姿が見えなくなるまで見送った。

彼らの姿が完全に視界から消えると、はぁ、と絹子の口から深いため息が漏れる。

これで、山の奥で本当にひとりぼっちになってしまった。

どこからも人の声も気配もなく、耳に入るのは滝から水が流れ落ちる音だけ。

時折、あばら屋の周りを囲む森の中から鳥の鋭い鳴き声が聞こえてくる。

見上げると、枝のあちらこちらから大きなカラスがこちらを睨んでいた。

『なぜ、こんなところに人がいるんだ。ここは人が住んでいい場所ではない。わきまえろ』

『ここは山神様の領域ぞ』

『でていけ！　でていけ！』

カラスたちの声がそう訴えかけてくるように思えて怖くなり、絹子は慌ててあばら屋の中に逃げ込むと、がたついて動きにくい戸を無理やり引っ張って閉めた。

戸に背を預けて、顔を俯かせる。

「ごめんなさい。私にはもう、ここしか居場所がないの……」

外に出たらつつかれそうで恐ろしいが、なんとかあのカラスたちともやっていくしかない。

それでも、ここにはことあるごとにいびってくる継母も、こき使う妹も、見て見ぬふりする父もいないのだ。それに比べればカラスの方がずっとましかもしれない。

改めてあばら屋の中を見渡してみる。

といっても一瞥《いちべつ》すれば隅々まで目が届くくらい室内は狭い。

戸を入ってすぐに土がむき出しになった土間があり、片隅にカマドが一台と木製の流し台がある。土間の奥には一段高い四畳半の小さな和室があり、小ぶりなちゃぶ台と畳んだ布団が隅に置かれていた。布団は最近持ち込んだもののようだったが、安価な薄布団。

それが、この家のすべてだった。

百年前に絹子と同じように山神様へ嫁いだという女性が住んでいた建物はもうない。このあばら屋は、その建物が長い年月の末に倒壊したあと、建て直されたものなのだという。

三笠家の本宅がふもとの村にあった頃は、当時の当主が山に祈りを捧げる際に寝泊まりしていたらしいが、そんな風習も廃《すた》れて久しい。

その後長らく放置されていただけあって、格子窓の木扉は壊れ、あちらこちらから隙間風が吹き込んでいた。

もう春とはいえ、薄曇りの今日は風も冷たい。

両腕を抱くようにして手でこする。

カマドに火を入れれば少しは暖かくなるだろう。作業をするには、白無垢は動きにくい。もっと身軽な格好にならなくては。

絹子は和室に上がると、持ってきた唯一の荷物を開く。風呂敷一包みだけの嫁入り道具だ。中には、いつも着ているつぎはぎだらけの粗末な着物二枚と履きなれた草履、それに母の形見の簪《かんざし》が一本入っているだけだった。

この簪は母が大切にしていたものだ。母が棺《ひつぎ》に入ったときにこっそりその中から持ち出して以来、ずっと絹子の宝物となっていた。どんなにつらいときもこの簪を見ていると涙をこらえることができた。

でも……。

（こんな嫁入り姿、お母さんが見たら一体どう思うだろ）

三笠の家を追い出されたも同然で山奥のあばら屋でひとり暮らすことになった絹子

を憐《あわ》れむだろうか。それとも、あの継母親子から家を守れなかった絹子を責めるだろうか。

あの継母親子がいる限り、遅かれ早かれ三笠家は没落していくだろう。それを考えると母に申し訳なくなってくる。

でももし神様の加護とやらが本当に存在して三笠家が持ち直せるのならば、やっぱり絹子がこのあばら屋で神様の嫁として生涯暮らすことが三笠家のためにもなるのだろう。

(なにがどうあれ、ここで暮らしていくしかないのよね)

ここで住む以上、日が暮れてしまう前にやっておきたいことはたくさんあった。

めそめそしている場合じゃない。

絹子は簪を風呂敷にしまうと、白無垢を脱いでいつもの古着に着替える。

まずはこの家になにがあってなにがないのかを確認しておこうと、上がり框《かまち》で草履を履くとカマドを覗く。

カマドは穴もなくちゃんと使えそうだ。

流し台のそばには水を入れるカメもあったが、木の蓋《ふた》は割れている。蓋を取って覗くと、中には蜘蛛《くも》の巣が張っていた。

そのほかにも鍋や茶わんといった最低限の生活用具は揃《そろ》っていた。

食料も、野菜や米などしばらく過ごせるだけの蓄えは置いていってくれたようだ。水は滝つぼから汲んでくればいくらでもあるし、土間にはクワやスキも置いてある。これなら畑を作ればなんとか自分ひとりが生きていくだけの食料は確保できるかもしれない。

とりあえず、明日は畑を耕してみよう。あの食料が尽きる前になんとか自活できる道を見つけなくては。ここで生きていくしかないのだから。

「よしっ。頑張ろうっ」

と割れた木蓋を持ったまま自分に活を入れたところで、突然、戸口の方から男の声が聞こえた。

「なにを頑張るんだ？」

よく通る、張りのある声だった。

「え？」

絹子が声のした方に目を向けると、いつの間にか戸口が開いている。そこにひとりの男が立っていた。

すらりと背の高い、細身の人だった。

銀糸のように長くたおやかな髪は緩くひとつにまとめられて、肩から胸元にかけて垂れている。鼻梁《びりょう》がすっと通る、色白の美しい中性的な顔立ち。

三笠家にも様々な人が訪れ、ときには役者なども客人として招かれることがあったが、ここまで美しい人を絹子はいまだかつて見たことがなかった。

見た目だけなら女性に間違いそうなほどの美しさだが、

「どうした？」

穏やかでも低いその声は、彼が男性であることを示していた。

男は一目見ただけでわかる上質な羽織に身を包んでおり、ゆったりと腕を組んで悠《ゆう》然《ぜん》とした様子で戸口にもたれかかっている。

「え、えと……その、どちら様でしょうか」

まさかこのあばら屋に訪れる人があるなど考えてもいなかった。

絹子はさっと表情を硬くして一歩あとずさる。

しかし、警戒心を露《あら》わにする絹子をよそに、男はじっと絹子を見つめた。

「そんなに怖がらなくてもいい。私は君の夫だ」

「……え？」

一瞬、なにを言われたのかわからなかった。

（おっ、と……？）

今、夫と言ったのだろうか？

彼の言葉を頭の中で反芻《はんすう》してみてようやく彼がなにを言ったのか理解したが、それでも言葉の真意がわからず、ますます表情をこわばらせる絹子。

しかし男は構わずあばら屋の中へと入ってくると、落ち着いた足取りで絹子の前まで歩いてくる。

男から少しでも離れようと後ろに下がった絹子だったが、うっかり手から割れた木蓋が落ち、それに足を取られて後ろに倒れ込む。

「きゃっ……！」

思わず両目をぎゅっと瞑《つぶ》った絹子だったが、すぐにやってくるはずの衝撃が感じられない。代わりに、ふわりと柔らかな感触が絹子の身体を包み込んでいた。

「え……？」

目を開けると、すぐ目の前に男の美しく整った顔が見える。

（なんて美しいお顔だろう……）

一瞬ぼうっと彼の顔に見惚《みと》れてしまったあと、数秒遅れて彼に抱きとめられているのだと気づいて、ボッと顔が火を噴いたように熱くなった。

「あ、あの……！」

あまりのことに言葉も出ない絹子だったが、さらにふわりと足が宙に浮く感覚に驚いて、彼の胸にしがみつく。彼は軽々と絹子の身体を抱き上げていた。

羽織に香でも焚《た》きこめているのか花のような上品で甘く、それでいて温かみのある落ち着いた香りが漂ってくる。それはなんだか懐かしさを覚える香りだったが、どこで嗅いだのかはとんと思い出せなかった。

彼は絹子を見下ろして、整った眉をわずかに寄せる。

「身体が冷え切ってしまっている。すぐに私の屋敷へ帰ろう」

「お、下ろしてください……！」

男の人に触ることも触られることも初めてだった。幼い頃に父に手を引かれた記憶すらないのに、まさか見知らぬ男性にいきなり抱きかかえられてしまうなんて。

足をばたつかせたときに草履が土間に落ちたが、男にしっかりと抱きとめられていてそれ以上は抗えなかった。

「だめだ。この辺りは足場が悪い。また転んでしまったら大変だからな」

「で、でも……」

「遠慮はするな。私は君の夫だと言っただろう」

優しさの滲《にじ》む落ち着き払った声で言われると、不思議と絹子の心も落ち着いてくる。

知らない男に抱きかかえられているだなんてパニックを起こしてもおかしくない状態だったが、なぜか恐怖は感じなかった。

今会ったばかりだというのに、彼の言葉は今まで絹子が家族からかけられてきたどんな言葉よりも遥《はる》かに温かく感じられたのだ。

間近で見ると彼の瞳は黄金色に輝いていた。その神々しさすら覚える瞳に絹子が映っている。

ついじっとその瞳に見入ってしまっていると、

「なんだ？」

男が不思議そうな表情を向けるので、絹子は恥ずかしくなってすぐに目を逸《そ》らし、慌てて首を横に振った。

男の人に、いや、誰かに見惚れるなんて初めてのことだ。

男は金色の瞳を優しげに細める。

「やはり君は巫女《みこ》の素質を持っているようだ。こうして間近に見て確信した。ただの人ならば、このまま家族の知らない場所へと逃がしてやってもよかったが、巫女となれば話は別だ。この山を下りればほかの神々に狙われかねないからな。私の妻になってもらうしかない」

「巫女……ですか？」

聞きなれない言葉に絹子が尋ね返すと、男は「ああ」と頷《うなず》く。

「神の伴侶となるべくして生まれた者、という意味だ。先ほど婚礼の儀式をあげたんだから、君はもう私の妻だろう。私は加々見《かがみ》という。この地を統《す》べる山神だ」

「……や、山神、様……ですか？」

神様というのは、神社や社にお住まいで、目に見えない存在ではなかったのか。

たしかに山神様の妻になるのだと言ってここに連れてこられたのは確かだが、絹子自身もそして茂たちも、神様の妻というのは建前にすぎず、絹子はこのあばら屋でひとりで一生を過ごすのだと信じて疑わなかった。

それなのに、まさか本当に山神を名乗る者が現れるだなんて……！

一瞬、どこかの金持ちの放蕩《ほうとう》息子が、生贄になった哀れな娘の噂《うわさ》を聞きつけて戯《たわむ》れにちょっかいをかけに来たのかもしれないという考えも頭をよぎる。

しかし絹子はすぐにその考えを捨て去った。

男の、見た者誰もが惹《ひ》きつけられる神々しいまでの美しさは、人ならざるもの、人より遥かに尊いものだと思うしかなかったのだ。

「そうだ。ほかにも人が私を呼ぶ名はいくつもあるがな。それはおいおい知るだろう。さあ、そろそろ行くとしよう。ここの寒さは人の身にはこたえる」

加々見と名乗った男は、絹子を抱き上げたまま戸口へと向かう。

そういえば草履を落としたままだったと思い出して土間に目を向ければ、いつの間にか加々見の足元に、真っ白な狸《たぬき》が控えるようにちょこんと座っていた。その狸が器用に口で絹子の草履をふたつ咥《くわ》え、あとについてくる。

加々見は、開け放されていた戸をくぐった。

そこでふと絹子はカラスたちの存在を思い出して、ぎゅっと身を固くする。

「どうした？」

加々見も訝《いぶか》しげに足を止める。絹子は顔をこわばらせて、ふるふると首を横に振った。

「外に……カラスたちが……」

「カラス？」

加々見は上を見回す仕草をしたあと、すぐに「ああ」と表情を緩めた。

「あれは、山ガラスたちだな。好奇心旺盛なやつらだから、久しぶりに山にやってきた人間を見に来たんだろう」

加々見に促されておそるおそる顔を上げると、すぐに頭上から「カー！」といくつものカラスの声が降ってきた。

見上げると、屋根のあちこちにカラスがとまって鳴いている。

驚くあまり加々見の羽織をぎゅっと掴《つか》む絹子だったが、彼は嫌がる素振りもなく柔らかな声をかけてくれる。

「怖がらなくても大丈夫。彼らも私の友人たちだから」

そして、加々見はカラスたちに向けて凛《りん》とした声をあげた。

「山ガラスたち。彼女は私の伴侶となる人だ。なにかあったら、彼女を私だと思って助けてあげてほしい」

そう語りかけると、カラスたちはまるで答えるかのごとく一斉に「カー！」と元気よく鳴いた。

加々見がいてくれるおかげで、先ほどまでの恐怖心はかなり薄れてきた。

落ち着いて見てみると、カラスたちはくるりとした円《つぶ》らな瞳で絹子のことを眺めている。その姿は、人間の姿が珍しくて仕方ないのだというようにも思えた。

先ほど、睨んでいるように感じてしまったのは絹子の思いすごしだったようだ。

あの三笠の家で虐げられているうちに、周りのものすべてが自分を疎《うと》んでいると感じるようになっていたのかもしれない。

（ごめんなさい、カラスさんたち……）

自分の卑屈さを恥じて心の中でこっそり謝ると、再びカラスたちが「カー！」と鳴く。まるで『気にすんな』と言われているようで、絹子の口元に小さな笑みが浮かんだ。

カラスたちに別れを告げると、加々見は絹子を抱き上げたままごつごつした岩場を滝の方へと歩いていく。

さらに滝つぼの中に頭を突き出していた大きな岩に、ひょいっと飛び乗った。

同じような大きさの岩が滝の方へと続いていて、加々見は雪駄《せった》を履いているにもかかわらず、岩にむした苔《こけ》に足を滑らせることもなく器用に次々と飛び移っていく。

抱き上げられたままの絹子は、不安定な足場にいつ加々見が足を滑らせて滝つぼに落ちるんじゃないかと内心冷や冷やしたが、肝を冷やしたのはそれだけではなかった。

加々見はためらうことなく、大量の水が落ちてくる滝へと近づいていくのだ。

ドウドウと流れ落ちる水の壁がすぐ目の前まで迫っていた。

（このまま行くと、滝にのまれる……！）

恐ろしくて、絹子は加々見にしがみついたままぎゅっと目を瞑った。

しかし、いっこうに水をかぶる感触が訪れない。

（……あれ？）

おかしい。あのままいけばとっくに滝にぶつかっているはずなのに。そう思っておそるおそる目を開けると、目の前には想像だにしなかった光景が広がっていた。

「さあ、着いた。ここが今日から君が住む屋敷だ」

目に映る景色が様変わりしていた。

さっき目の前に見えていた滝はどこへいってしまったのか。

厚く雲が覆《おお》っていた曇天は消え失せ、青い空からは柔らかな日差しが注いでいる。

そして、絹子の目の前には見事な日本庭園と大きなお池が広がっていた。

池には金色に輝く弓型の橋が架かっており、奥には立派な日本家屋のお屋敷が悠然とたたずんでいる。その脇には見事な西洋建築も見えた。

それだけではない。

さらに驚いたことに、その橋の両側にずらりと和服姿の女性たちと洋装姿の男性たちが並んで頭を下げていたのだ。

彼らは声を揃えて、主《あるじ》を迎えた。

「おかえりなさいませ、旦那様。お待ちしておりました、奥様」

絹子はなにも言えず、ただ目をぱちくりとさせるのが精一杯だった。

第二章　夢のような生活

「ここは、幽世《かくりよ》にある私の屋敷だ」

加々見はそう説明してくれるが、絹子はぽかんと口を開けたまま唖然《あぜん》としていた。

昔、絵本で見たお伽《とぎ》話の世界に迷い込んでしまったような心地だった。

「ここが今日から君の家だ。好きに使うといい」

加々見は絹子を抱いたまま橋を渡っていく。

池を見下ろすと、見事な錦鯉《にしきごい》が池の中を何匹も悠々と泳いでいた。

あまりに現実離れしたことが次から次へと起こって、頭がついていかない。

(……そうだ。これは、夢よ。夢なのよ。きっと疲れ果てて、あのあばら屋で眠りこけてしまったんだわ。今見ているものは、つらい現実から逃れようと……せめて夢の世界では幸せになりたいと願う心が作り出してしまった、はかない夢……)

どうせ夢ならば、臆することもない。いずれ醒《さ》めてしまうのだから、それまではせめてこの夢に浸っていてもいいんじゃないか。目が覚めれば、また過酷な生活が待っている。なら、せめて今だけは楽しんでもバチは当たるまい。

そう思うと、ようやく心の中に余裕が生まれた。

橋を渡り切ったところで、加々見はようやく絹子のことを地面へと下ろしてくれた。

そこにすかさずあの白狸が駆け寄ってきて、絹子の草履を足元のちょうどいい位置へ置いてくれる。

「ありがとう、狸さん」

　絹子が礼を言うと、白狸は目をぱちくりさせたあと、えへへと照れくさそうに笑ったように見えた。

（え……今、狸が笑った……？）

　驚いて固まる絹子の前へ、加々見に呼ばれて男女が出てくる。ふたりとも絹子より少し年上の二十代前半くらいだろうか。

　絹子は白狸のことが気になって目で追うが、白狸はふたりの足元を抜けてすすっとどこかへ行ってしまった。

　頭を下げていた男女が、顔を上げる。

　男は精悍《せいかん》で整った顔立ちに、黒い三つ揃えを身にまとっている。そのうえ彼の黒髪の頭には黒くて丸っこい獣のような耳があり、後ろにはふさふさとした同じ色の尻尾が垂れていた。

　しかし、その表情は硬く、一瞬眼鏡の奥から刺すような目で絹子を睨んだ気がした。

（……え？）

　絹子は思わず身をすくませるが、彼は何事もなかったかのようにすぐに視線を逸らす。

「彼は、古太郎《こたろう》。この屋敷の執事長だ。なにかあれば、彼になんでも聞くといい。古太郎。彼女のことをくれぐれも頼んだよ」

念を押すように言う加々見に、古太郎と呼ばれたその青年はもう一度深く頭を下げる。

「心得ております」

それでも絹子には先ほど彼が一瞬見せた突き刺すような視線が、いつまでも不安として心に残る。思いすごしだったらいいのだけど。

女の方は、橙色《だいだい》の華やかな着物に白エプロンをつけていた。茶色っぽい髪からはピンと天を指すような黄色い耳が覗き、着物の後ろから同じ色の尻尾がゆらゆらしている。

古太郎もそうだが、この屋敷の人は獣のような尻尾に耳など面白い飾り物をつけている。

三笠の家からほとんど出ることがなく、世間の流行にとんと疎い絹子は、今帝都ではそういうものが流行っているのかしら、それとも舶来物《はくらいもの》なのかも、などと関心をもったが、なぜ耳や尻尾が動くのかそのカラクリはさっぱりわからなかった。

「彼女は、茜《あかね》だ。君の専任女中筆頭を任せている」

茜は古太郎とは違い、にこやかな笑顔を絹子に向ける。お日様のような、見る人をほっこりと温かな気持ちにさせてくれる快活な笑顔だった。

「茜と申します。これからお世話させていただきますんで、よろしゅうおおきに」

関西の方の訛《なま》りではつらつと自己紹介されて、絹子の口元にもつられて笑みが浮かんだ。

「よろしくお願いいたします」

深く頭を下げてお辞儀すれば、茜は慌てた様子で手をあわあわとさせた。

「そんな、奥様はドーンとしとったらええんです。ふんぞりかえって、ドーンとしとってください。なんかありましたら、どんな些細《ささい》なことでもええんで、ウチらに申しつけくださいね」

そして絹子の耳に顔を近づけると、内緒話のようにこそっとささやく。

「あの陰険狸がなにか嫌なことでもしたら、すぐ言うてください。箒《ほうき》もってって叩《たた》いてやりますんで」

小声だったにもかかわらず、古太郎がすぐに耳をピンとこちらに向けて、キッと睨んできた。しっかり聞こえていたみたいだ。

「誰が陰険狸だ」

「なんや、本当のこと言うただけやろ？」

茜も負けじと、胸を張って威勢よく古太郎に対峙する。

今にも掴み合いの喧嘩《けんか》をしそうな勢いで睨み合うふたりだったが、そこに加々見の咳払《せきばら》いが聞こえた。

　途端に古太郎も茜も、耳をしゅんとさせて申し訳なさそうに加々見に向き直る。

「ここには誰に対する争いも持ち込まない。そういう決まりだっただろう？　誰に対してもだ。いいな？」

　穏やかな声音ながらも念を押すような加々見の言葉に、ふたりは頭ばかりでなく耳も尻尾もぺたんと下げた。

「『申し訳ありません』」

　口々に謝罪するふたりに加々見は面を上げるように言うと、

「気をつけてくれればいい。みんな、出迎えありがとう。さあ、自分の仕事に戻ってくれ」

　そう出迎えてくれた者たちに声をかけた。

　そして絹子に向き合うと、その金色の瞳を細めて柔らかく微笑んだ。

「疲れただろう。今、君の部屋に案内する」

「は、はい」

　彼と目が合っただけで、トクンと大きく心臓が跳ねた。

　なぜ彼に見つめられるとこんなに落ち着かなくなってしまうのだろう。

　いつまでもその端正な容姿を眺めていたいと思うのに、彼に見られると急に恥ずかしくて、いたたまれなくなってしまう。それなのに嫌な感じは全然なくて、ただ顔が急に火を噴いたように熱くなってしまうのだ。

絹子は今まで抱いたことのない感情に戸惑うばかりだった。

「おいで。君の部屋はこちらだ。屋敷の中は広くて迷いやすいから……うん。また抱っこしていくか」

「ひ、ひとりで歩けますから大丈夫ですっ」

また抱きかかえられては心臓がもちそうにない。絹子は恥ずかしさのあまり加々見に背を向ける。

すると、背後からくすりと小さく笑う声が聞こえたかと思うと、絹子の右手は大きな手のひらに包み込むように握られる。

「こうならいいだろう？」

有無を言わせぬ加々見の様子に、絹子は気恥ずかしさに俯きながらもこくりと頷いた。

大勢の人たちの前で抱きかかえられる恥ずかしさを思えば、まだこの方が耐えられる。

彼に連れられて、絹子は屋敷の玄関をくぐる。

加々見の手のひらは大きくて、とても温かで、あばら屋の隙間風に凍え切っていた絹子の身も心もぽかぽかと温かくなるような気がした。

立派な玄関から屋敷に上がると、まっすぐに長い廊下が続いていて、絹子は少し前を歩く加々見に連れられるままに進んでいった。

廊下はさらに何本にも枝分かれしている。

これはたしかに迷子になりそうだ。

三笠の家も分不相応なほどに大きかったが、この屋敷はそれとは比べるべくもないほど広くて立派だった。

そんな広い屋敷の中を、加々見は慣れた様子でどんどん歩いていく。

手をつながれたままの絹子も黙ってついて歩く。

その後ろには、先ほど紹介された茜のほかにも、数人の女中がついてきていた。

いくつも廊下を曲がって、もはや自分がどこにいるのかわからなくなってきた頃、加々見がひとつの扉の前で足を止めた。

背の高い加々見よりも、さらに大きな扉。

彼は金色のノブに手をかけると、静かに押し開けた。

「ここが君の部屋だ。急ごしらえで用意させたから、足りないものがあったらなんでも言うといい」

加々見に背中を押されて、絹子はおそるおそる部屋に入る。

でも、数歩入っただけで足を止めてしまった。

学校の教室くらいありそうな大きさで圧倒されてしまったのだ。

床は温かみのある板張りで、白枠の大きな窓からは爽《さわ》やかな風がレースのカーテンを揺らしていた。窓には高価な薄ガラスが贅沢に使われ、差し込む柔らかな光が部屋の中を満たしている。

室内には立派な鏡台や机だけでなく、天蓋《てんがい》付きのベッドまであった。五人はゆうに寝られそうな大きさだ。

「……え、こ、これ。私に……」

あまりに現実離れした光景に、言葉にならない絹子。呆然《ぼうぜん》と立ちすくんでいると、加々見はつないでいた手を離して再び絹子を横抱きにした。

「き、きゃあ！」

慌てる絹子だったが加々見は構わず抱き上げたまま、室内へと進んでいく。そして天蓋付きのベットの前まで運ぶと、そのふちに座らせるようにして優しく下ろした。

ほっとしたのも束《つか》の間、ぎしっとベッドが沈む感覚がして顔を上げれば、加々見の端正な顔がすぐ間近にあった。

その金色の瞳に見つめられ、絹子は瞬きひとつできない。

彼は顔を寄せたまま、静かに念を押すような声音で言う。

「ここのものはすべて君のものだ。ここには君を虐げる者も、君の物を奪う者もいない。自由に、好きなように振る舞うといい。ただし」

加々見は金色の目を優しく細める。

その瞳が孕《はら》む威圧感に絹子の背筋はぞくりと凍る。

人の姿をしていても、このお方は神様なのだ。そう心の底から思い知らされるような心地だった。

「ひとつだけ。絶対に守ってほしいことがある」

「……守ってほしいこと、ですか？」

三笠の家にも絹子が守らなければならない決まりはたくさんあった。誰よりも早く起きて火を起こし、冬は家族の部屋の火鉢をつけに行くこと。台所の水瓶の水を絶やしてはいけないことなど。

「そうだ」

どんな決まりを言い渡されるのだろう、ここに置いてくれると言うのだからどんなことであっても守らなければ。

固唾《かたず》をのむ絹子の耳に届いたのは意外な言葉だった。

「決して、私の許しなくこの山から出てはいけない。もっと言うなら、この屋敷の敷地から出ないでほしい。いいね」

絹子はしばらく加々見の言葉を心の中で反芻したのち、おそるおそる聞き返す。

「それだけで、よろしいのですか……？」

絹子にとっては当たり前すぎて意識すらしていないことだったので、それがここにいる決まりだと言われてもピンとこない。

今までだって、三笠の家では自由に敷地の外へ出ることなんて許されてはいなかった。

あれだけ家の用事をさせられていたというのに、買い物だけは固く禁じられていた。夕食に豆腐が足りなくなったときに、家の前をたまたま通りかかった豆腐屋さんに買いに出ただけで、あとで父に知られて大目玉を食らったくらいだ。

今思えば、絹子のみすぼらしい姿をほかの人に見られなくなかったのかもしれない。

そんな風に育ってきた絹子だから、屋敷の敷地から出ないでほしいという加々見の言葉は、至極当然のことのように感じた。

「それだけ、って……」

今度は加々見が驚いたように目を見張る。そして絹子から顔を離すと、なぜか一瞬哀しそうな色を瞳に湛《たた》えてから、ぽんと絹子の頭に手をのせた。

「それだけだ。それ以外のことで君に不自由はさせない。約束する」

――約束する。

その言葉を強く言い残して、加々見は絹子に背を向けてドアへと歩き去る。出るときに、ドアのそばに控えていた女中たちに「あとは頼む」と一言指示を出すと彼の姿はドアの向こうへと消えた。

絹子は先ほど加々見に触れられた頭に、そっと手を当てた。大きな手の優しい感触とその温かさが、いつまでもそこに残っているような気がした。

一方、お辞儀で加々見を見送っていた女中たちは、顔を上げた途端にきらんと顔を輝かせる。

「さささっ、まずは湯浴《ゆあ》みですわねっ！」

「寒いところからお帰りになられたんですから、しっかり温まってもらわなければ！」

張り切る茜を筆頭とした女中五人。

「え……？」

彼女たちに連れていかれたのは、風呂場だった。

風呂場といっても、ここは公衆浴場なのでは？と疑いたくなるほどの大きさだ。十人以上は優に足を伸ばして入れそうな檜《ひのき》の浴槽。石像の獅子《しし》の口からはコンコンと湯がかけ流されている。

たっぷりとした清らかな湯には水面を覆うほどの花弁が浮かべられて、うっとりするような花の香りが蒸気と混ざり合い全身を包み込んだ。

そこであれよあれよという間に絹子は全身を洗われ、なにやらいい香りのするクリームを身体や顔に塗り込まれた。

風呂が終われば、上質な真っ白のローブに包まれて、連れてこられたのは先ほどの部屋。

部屋の奥にはもうひとつ小ぶりなドアがあり、その前へ連れていかれると茜が恭《うやうや》しくドアを開く。

「さあ、絹子様。お好きな服をお選びください」

ドアの向こうは細長い小部屋になっていた。入って左側には洋服がずらりと並び、右側にはいくつもの桐のタンスが置かれている。

帝都の呉服屋さんにだって、引けを取らない品揃えだった。

ほかにも、靴やらカバンやら帽子やらも数えきれないほど棚にしまわれていて、絹子が声も出ずにたたずんでいると、茜たちがせっせと「これもいいわね」「こっちも素敵」と選んでくれる。

ようやく服が決まったところで、今度は鏡台の前に座らされた。

それは、三笠家で美知華が使っていた鏡台よりも遥かに大きく豪華なものだった。

女中たちは丁寧な手つきで絹子の髪を梳かしていく。

絹子はされるがままになりながらも、あまりに現実離れした光景ばかりが続くので、これはやっぱり夢なんじゃないかという気持ちを捨てられないでいた。

もし夢だとしたら、きっと自分は今もあの隙間風の多いあばら屋で凍えて、薄布団にくるまっているに違いない。

夢ならば、覚めなければいいのに。夢を見たまま寒さに凍えて死んでしまうのであればそれでもいい。この夢が永遠に続いてほしい。そんなことをつい思ってしまう。

(だけど、どうしたら夢かどうかわかるのかしら。……そうだ)

絹子は自分の腕を思いっきりつねってみた。

「いたっ……」

鮮烈な痛みが襲ってくる。

この痛さは夢とは思えなかった。じゃあ、これは現実……？

そんな絹子の行動を見て、お世話をしていた女中たちは慌てふためく。

「奥様っ!?　なにをなさっているんですか!?」

「え、えと……ごめんなさい。あまりに現実離れしたことばかり起きるから、もしかしてこれは夢なんじゃないかと……」

尻すぼみになりながらもごもご答える絹子に、茜はブラシを持ったまま苦笑いを浮かべる。

「気持ちはわかりますがね。そやけど、そないなことされたらウチら旦那様に叱られてしまいます」

「あ、そ、そうよねっ。ごめんなさい……」

思いっきり強くつねってしまったので、腕にはしばらく痣《あざ》が残ってしまうかもしれない。

しゅんと謝る絹子に、茜は再び髪をブラシでまとめながら笑う。

「旦那様は奥様のことが一等大事なんですよ。見てたらわかります。いつもは何事にも動じない旦那様が、今日はやけにそわそわしてましたもん。あないな旦那様初めて見ました。そやから、奥様はただ旦那様に甘えてたらええんですよ」

うんうんと、ほかの女中たちも一様に頷く。

彼女たちは絹子の専属の世話係なのだという。

上品な和服に真っ白なエプロンを身につけてはいるが、その容姿は普通の人とは少し違っていた。

狐のような耳と尻尾がある茜。

垂れ耳犬のように、茶色い耳としっぽがついている者。

顔の中央に目がひとつの者。

それに、指の間に水かきと頭の上にお皿のようなものがのっている者に、手足に鱗《うろこ》がびっしり生えた者と、みな異様な様相をしていた。

でも、彼女たちは一様に明るく、絹子のことを温かくもてなしてくれる。

そこには使用人としての卑屈さや惨めさは欠片もない。楽しそうに働くその姿に、加々見の主としての器量の大きさがうかがえた。

（三笠家とは全然違う……）

三笠家では、使用人たちはみな顔を俯かせ、言葉少なに黙々と自分の仕事をこなすだけだった。おしゃべりでもしようものならすぐに使用人頭の罵声《ばせい》が飛んできた。

蝶子たちも女中や使用人を同じ人間とは思っていないかのように、ぞんざいに扱っていたし。

主人の器量によって、下で働く者たちはこんなにも生き生きとできるのだということに少なからず驚きを覚える。

そんなことを考えている間にも、絹子は薄桃色のなめらかな生地のゆったりとしたデイ・ドレスを着させられ、どんどんと飾り立てられていく。

丁寧な化粧を施され、髪を流行りのマアガレイトに結われると、鏡には華族のお嬢様方にも引けを取らない上品で可愛らしい淑女《レディ》が映っていた。

「これが……私……？」

信じられない思いで頬に触れると、鏡の中の淑女も頬を触る。その淑女は紛れもなく絹子だった。

「やっぱり、もとがよくていらっしゃるからドレスも映えますね」

茜たちも、美しくなった絹子を見て顔をほころばせる。妙な達成感も漂っていた。

「夕餉《ゆうげ》もご用意できたようですし、このまま食堂に向かいましょう。きっと旦那様も、そわそわしながらお待ちですよ」

そう言われて、ふわふわとした夢心地のまま食堂へと連れていかれた。

食堂といっても、ちょっとしたパーティが開ける三笠家の応接室よりも、さらに広い。

その部屋の真ん中に白いクロスのかかった長いテーブルが置かれ、すでに加々見が席に着いていた。

対面の席に案内されて、椅子を引かれるままに腰を下ろす。

生まれて初めて着た洋服は、なんだか足元がすーすーして心もとない。着物のように帯で身体を支えてはくれないため、どう姿勢を保っていいのかわからない。

それでも加々見は、見違えるように美しくなった絹子を見て満足そうに目を細める。

「綺麗《きれい》だ、絹子。さすが、私の花嫁だ。ん？　どうした？」

もぞもぞしてしまう絹子に気づいた加々見が問う。

「……その、まだなんだか、お洋服に慣れなくて」

どことなくドレスに着られてしまっている感のある絹子が正直に答えると、加々見は微笑ましいものを見るような目になる。

「そのうち慣れる。急ごしらえで集めさせたものだからサイズが合っていないのかもしれない。今度、仕立て屋を呼んで直させよう。そうだ、服を一からオーダーするのもいい」

「い、いえっ……そんなもうっ」

あのクローゼットとかいう小部屋の中には山のように着物も洋服もあるというのに、さらに増やすというのか。

慌てる絹子に、加々見はハハと笑った。

「遠慮しなくていい。さあ、お腹がすいただろう。なにが好みかわからなかったから、いろいろ用意させてみた」

加々見がパチンと鳴らした指の音を合図に、スーツ姿の使用人たちが次々と料理を運んでくる。

彼らもまた、ひとりとして普通の人間らしい者はいなかった。首の長い者、髪の毛がずっと燃え続けている者など、やはりこの屋敷には異形の者しかいないようだ。

そして運ばれてくる料理はほとんどが、見たことがないものばかり。和食もあったが、洋食の方が多い。どこの国の料理なのかよくわからないものもある。

執事長の古太郎が恭しく加々見のグラスに琥珀《こはく》色の飲み物を注いだあと、絹子のところにも来て同じものを注いでくれた。

そのときも、加々見から表情が見えない角度で一瞬、古太郎が絹子のことを忌々《いまいま》しそうに見た気がした。

屋敷の使用人たちはみな絹子に優しく接してくれるが、どうやら彼だけは快く思っていないらしい。

ちやほやされて浮かれていた気持ちに、しゅっと冷水をかけられた気持ちになる。

（それもそうよね……。突然現れて、こんな私が奥様だなんだって言われたって）

こんなにお金もあり、容姿も完璧なまでに整った加々見なら、もっとほかにふさわしいお嬢様をいくらでも選べるだろうに。

（三笠家が勝手に山神様の花嫁にと私をあてがったから、今だけ合わせてくれているのかもしれない。それなら、いつかほとぼりが冷めたら放り出されてしまうのかしら。……きっとそうだわ。私なんかがこんな風にちやほやされていいはずがないもの……）

思考がどんどん卑屈になっていく。

さんざん家族から虐げられてきたせいで、降って湧いた素晴らしい環境が身に余るものだと思えてしまう。

自分には分不相応、だからこれはいつかなくってしまうものだ、調子に乗るんじゃないと自らを必要以上に戒《いまし》めた。

「どうした？　絹子」

加々見に言われて、絹子ははっと顔を上げる。

「い、いえ……」

「そうか。じゃあ、絹子もグラスをこうやって持ち上げてごらん」

加々見は琥珀色の液体で満たされたグラスを手に持って掲げる。

しゅわしゅわと泡の立つグラスを、絹子も見よう見真似で同じように掲げた。

加々見はにっこりと嬉しそうに笑うと、

「私たちの結婚を祝って、乾杯」

よく通る声で言った。続いて、彼はグラスの中のものをするっと一気に飲み干す。

「か、乾杯……」

絹子も真似て小声で返してから口をつけてみると、しゅわしゅわした液体が口の中で小さな泡となって弾ける。初めての刺激に思わず目が丸くなった。

「ハハハ。それは、三変酒《シャンパーニュ》というお酒だよ。幸せを祝うときに飲むものなんだ。泡が絶え間なく下から上へと昇り続けているだろう。それが、幸せが下から上へと永久に止まることなく続くことを意味しているのだそうだよ」

「幸せ……」

そんなものが自分に訪れるだなんて考えてみたこともなかった。

今も思ってはいない。きっとこれは仮初《かりそめ》のもの。そう考えて、加々見の言うことは話半分に聞いてはいたが、それでも、この琥珀色の泡を見つめると願いたくなる。

今のこの穏やかな温かさに包まれた時間が少しでも長く続いてほしいと心の中で祈った。

乾杯が終わると、加々見は使用人に言って料理を取り分けさせる。使用人は絹子の前にも同じものを置いてくれた。

皿の周りにはいくつものフォークやスプーンが並んでいたが、絹子にはどれを使って食べればいいのかわからない。

おろおろと戸惑っていると、すぐに使用人のひとりが箸を持ってきてくれた。

箸を手にして、ほっと一息。

目の前の料理に口をつける。生野菜に魚の刺身を和えたもののようだった。

一口食べた途端、あまりの美味しさに驚いた。

(こんなに美味しいもの、食べたことない)

そこで初めて、自分が空腹だったことに気づく。

夢中で箸を進めていたが、ひとりで食べてばかりだったことに気づいてはっと顔を上げると、加々見は手を止めて慈《いつく》しむように絹子を眺めていた。

がっついていたところをじっと見られていたらしく、恥ずかしくなる。

ゆっくりひとつずつ味わうように食べだすと、加々見もようやく自分の食事に手をつけ始める。

彼の所作は食べ方ひとつとってみても、とても美しい。ただ食べているだけなのに、優美な容姿と相まってそれだけで絵になりそうだ。

（それにしても、彼はなんでこんなに私によくしてくれるんだろう。婚姻といったって、父たちが勝手に決めた形ばかりのもの。それに彼が縛られないといけない理由はどこにもないのに）

それがわからないから、いつか彼の気が変わってしまうのでは、追い出されてしまうのでは、という心配が湧き起こるのだろう。

ここに来てからというもの、嬉しいことや心躍ることばかりが続く。

それは、清潔で上等な服や、美味しい食事に対してだけではない。

なにより絹子の心をとらえていたのは、加々見をはじめ、屋敷の人たちの絹子に対する温かな振る舞いだった。

誰も絹子を無視したり、邪険にしたり、八つ当たりしたりしない。

執事長の古太郎だけがときどき睨むように見てくるけれど、それだけだ。なにか直接嫌なことをされたわけでもない。

みんなが絹子のことをひとりの人として扱ってくれる。それがなにより嬉しかった。

そのことで胸がいっぱいになり、熱い気持ちが雫《しずく》となって一滴、頬を伝う。

一度溢れた気持ちは、堰《せき》を切ったように流れ出す。涙が静かに頬を伝って、止まらなかった。

今までどれだけひどい仕打ちをされようと、どれだけ傷つけられようと泣いたことなんてなかったのに。母が死んで以来、泣かないと決めていたのに。

手の甲で流れる涙を拭っていると、いつの間にか加々見が絹子のそばへとやってきていた。彼は片膝をつくと、涙で濡れた絹子の手を、その温かな両手で包み込む。

「どうした？　なにか、嫌なものでもあったのか？」

絹子は静かに首を横に振ると、涙を流したまま微笑んで彼を見た。

「いえ、なにもありません。ただ、こんな風にしてもらったことがなかったから、嬉しくてたまらなくて……」

「そうか……」

加々見はきゅっと眉を寄せる。しかし、すぐにふわりと笑うと、絹子の目頭に残る雫を指で優しく拭ってくれた。

「これからここで暮らすのだ。どれも当たり前の日常になる」

「私は、ここにいていいんでしょうか……」

「もちろんだとも。私の妻なのだから。わからないことがあれば、なんでも聞くといい」

聞きたいこと……。

あなたはどうして私にこんなによくしてくれるの？

その疑問が真っ先に口をついて出そうになったけど、真実を聞いてしまえば、魔法のように目の前のすべてが消えてしまうんじゃないかと怖くなった。

それで別のことを聞いてみる。

「あの……」

「なんだい？」

「……私はここでなにをすればいいのでしょうか」

率直にそう尋ねてみた。

加々見は絹子の手をぎゅっと握ったまま、まっすぐにその金色の瞳で見上げる。

「君に幸せになってほしい。生きていてよかったと心から思えるようになってほしい。君の命の輝きは本来、とても強いものだ。しかし今はかげってくすんでしまっている。だから、本来の君としての輝きを取り戻してほしいんだ」

「輝き……ですか……？」

そんなことを言われても、なにもピンとこない。

自分は一日一日を、これ以上つらいことは起こらなければいいのにと願いながら、ただ生きてきただけだ。これ以上ひどいことをされないようにと顔を俯かせ、こそこそと生きてきた。輝きなんて、自分には天地がひっくり返ったって無縁なことのように思えた。

「私は山神だ。山々に住まうすべての生き物の幸せは私の幸せ。でも、そのコトワリを外れてでも、君のことをなによりも大切に想う。だから君を妻に迎えようと決めたのだ。それとも、やはり君は私のもとにいるのは不本意か？」

急に彼の表情が曇る。

「親が勝手に決めた婚姻だからな。そうだな。急だったし、もしほかに想う相手がいるのなら、一生困らないだけの生活費を持たせてその相手とともにどこか安全なところに……」

早口に語る加々見を遮るように、ぶんぶんと絹子は髪が乱れるほどに首を横に振った。

「い、いえっ……そんなことはありませんっ!!　私もこれからもずっと加々見様のおそばにいられたらと」

叫ぶように言ってしまってから、自分の口から出た言葉の意味を自覚し、顔が真っ赤になる。

「そうか……」

加々見の表情が、ほっと安堵《あんど》した笑みに変わる。

それを見て、絹子の心の臓はぴょこんと大きく跳ねるのだ。

彼の見せる表情は様々だ。ときには、近寄りがたく畏《おそ》れ多い神々しさを感じさせ、畏怖《いふ》の念を抱くこともある。かと思えば、彼の笑顔にこんなにも胸の深いところを温められることもある。

「でも、ただ屋敷にいてくれというのも手持ち無沙汰だろうな。どうしたものか……」

加々見は立ち上がると、顎に手を当てて唸る。

「あの……私、三笠の家でもずっと働いてきました。たいていの家事はできます。ですから……」

「私は君を使用人のように扱うつもりはない。……そうだ。なにかやることが欲しいというのなら、ひとつやってほしいことがあるんだ。いずれ話そうとは思っていたんだが、いいだろうか」

加々見の言葉に、絹子は何度も頷く。

「はいっ。なんでもいたしますっ」

勢いよく答える絹子だったが、

「君には、教養とマナーを身につけてほしい。それが今後、役立つことになるからな」

予想だにしなかった加々見の提案に、言葉をなくす。

数回目をぱちくりさせて、ようやく声を発した。

「……〝きょうよう〟と〝まなあ〟……ですか？」

「そう。本物の淑女になってほしいんだ」

そう言われてもまだピンとこなくて、絹子は困惑するしかなかった。

「君は、学ぶことは好きか？」

今度は、少し悩んだあとにこくんと頷いた。

絹子は尋常小学校しか出ていない。かつては楽しそうに女学校に通う妹の美知華を羨ましく思ったこともあった。最近はそんな風に思うことすら久しくなっていたが、学ぶことが好きかと問われれば眠っていた気持ちがむくりと顔をもたげさせた。

「はい。加々見様」

「よし。なら大丈夫だ」

微笑む加々見につられるように、絹子も彼の目を見つめ返して顔をほころばせる。

最後に笑ったのはいつのことだろう。もう忘れてしまうくらい長い年月を無表情のままで過ごしてきた。三笠家では、少しでも感情を露わにすれば罵声が飛んできたので、能面のような無表情はあの家で生きていくのに身につけた所作だった。

でもここではもう、そんな鎧《よろい》は必要ないのかもしれない。

加々見ははっと目を大きくしたが、すぐに綺麗《きれい》な笑顔を返してくれる。

「ああ、君は笑っている方が千倍いい。それと〝様〟はいらないよ。私のことは、加々見と呼んでくれればいい」

そんなことを言われても、山神様を名乗る方を呼び捨てになど滅相《めっそう》もない。ふるふると首を横に振る。

「尊いお方をそんな風には呼べません」

請《こ》うように頼めば、彼は「仕方ないな、今はそれで妥協するとしよう」と笑って絹子の髪をふわりと撫《な》でた。


部屋に戻ると再び茜たちがやってきて、ささっと化粧を落とされ寝間着を着させられた。寝間着はネグリジェとかいう西洋のもので、光沢のあるすべすべした質感がとても気持ちよくてずっと触っていたくなる。

寝る支度が済むと、

「ごゆっくりお休みください」

と恭しくお辞儀をして、茜たちは来たときと同じように風のように去っていってしまう。

「あ、そういえば……」

妻として迎え入れられたのならば、夜は加々見の部屋に行かなければいけないのではと尋ねようとしたが、声をかけたときにはもう茜たちは出ていってしまったあとだった。

ひとりでこの大きな屋敷を歩き、加々見の部屋を探し当てる自信はまったくない。茜たちが案内しなかったということは、加々見は彼女たちに絹子を連れてくるようには指示しなかったのだろう。

と、そこまで考えて、あの美麗な加々見と夜伽《よとぎ》……などということを具体的に想像してしまい、絹子の顔は真っ赤になった。

「な、なんてはしたない……！　いいえ、でも夫婦になったのなら当然のことだけど……でも、やっぱり……」

ひゃあああああ、と恥ずかしさのあまり絹子はいてもたってもいられなくて、そそくさとベッドに潜り込んだ。

三日後から、さっそく絹子の淑女レッスンは始まった。

とはいっても、絹子は尋常小学校で読み書きや初歩の算術を習った程度だ。あとは、三笠家で女中として働く中で身につけた、裁縫や料理くらいのもの。

そんな絹子のために、加々見は家庭教師をつけてくれた。

しかも先生方は全員、人間ではなかった。

彼らは〝あやかし〟といって、みな加々見の古くからの知り合いなのだという。

読み書きや学問を教えてくれるのは、ぬらりひょんの先生。小柄な和服姿のご老人のように見えるが、つるりと禿《は》げた頭は人間の何倍もの大きさがあった。

ぬらりひょんとはとても風変わりなあやかしで、そろそろ授業の時間だなと思って絹子が自室で待っていると、いつの間にか部屋の隅に置かれた長椅子に腰かけていたり、本棚の前で本をめくっていたりする。いつも、いつ部屋に入ってきたのかわからなくて、気がついたらいるのでびっくりするのだ。

加々見によると、それがぬらりひょんというあやかしの特技なのだという。

そうやってどこからともなく他人の家に無断で入り込んでは、茶やたばこを勝手に飲んだり、自分の家のように振る舞うが、家人に気にされることはないという変わった特技を持つぬらりひょん。

今日こそは部屋に来る瞬間を見たい！と思って、椅子を扉の方へと向けてじっと待ち構えてみるものの。

「今日は、ええ天気だのぉ」

なんとも暢気《のんき》な声が、絹子のすぐ後ろから聞こえた。

「ひゃ、ひゃっ！　先生……！　いつの間にいらっしゃってたんですか!?」

驚きのあまり裏返った声で尋ねる絹子に、ぬらりひょん先生はホッホッホと愉快そうな声で笑う。

「今さっきじゃよ。ちゃーんと、そこの扉から入ってきたんじゃが、気づかんかったか？」

絹子はブンブンと首を横に振る。扉から目を離さないようにしていたつもりだったのに、一体いつ入ってきたのかまったく見当がつかない。

「さて。今日は天気もいいし、山歩きにもいいだろうのぉ」

白く蓄えた立派な髭《ひげ》を撫でながら、ぬらりひょん先生が呟《つぶや》く。

「山歩き……ですか？　でも、旦那様が……」

屋敷を出てはいけないという加々見との約束を思い出してためらう絹子に、ぬらりひょん先生は笑って答える。

「心配せんでも大丈夫じゃ。加々見の山からは出ないという条件でアヤツの許可もとっておる。たまにはお主も息抜きせんとな。それに、山神である加々見に嫁いだんなら、山のことも知っておいた方がええじゃろうて。お主も加々見のことをもっと知りたくはないかの？」

「……は、はいっ。知りたいです」

絹子はこくこくと何度も頷いた。

ぬらりひょん先生の講話は、習字から日本の歴史、地理、算術、化学や生物まで幅広く、今まで学問というものに触れたことのない絹子にはいつも新鮮で面白くてたまらない。今日はどんな話が聞けるのだろうと、期待に胸を膨らませる。

さっそく先生とともに廊下に出ると、すぐに茜が小走りでやってきた。隣にある使用人控室にいたようだ。

「奥様、どこに行かれるんです？」

「あの……先生が、外に行かれるとおっしゃるので……」

「ホッホッホ。少々お山を案内しようと思うてな」

それを聞いた茜は、突然目を爛々《らんらん》とさせた。

「それでしたら、とっておきのお洋服がありますので。いつか着ていただきたいと思ってたんですが、こんなに早くその機会がくるなんて！」

意気揚々と部屋へ連れ戻され、茜がクローゼットの中から持ってきた服は見たことがない形のものだった。

殿方が履くズボンのように、足が片方ずつ入る形になっている。しかし殿方のズボンに比べてふんわりと太もも回りが膨らんでおり、膝から下できゅっと締まる。

それにブーツを合わせて、上はブラウスを着ると、着物やスカートと違って足が広げやすくてなんとも動きやすい。

「欧羅巴《ヨーロッパ》では女性が馬に乗ったり、活動的に動くときに着る流行りの服らしいですよ」

「ほれほれ、早よぉせんと日が暮れてしまうぞ」

待ちきれなくなったぬらりひょん先生にせかされて、屋敷の外に出る。

大橋を渡ってしばらく進むと、急に周りの景色が変わった。屋敷のある幽世から出て滝を抜け、あばら屋のある……屋敷のみんなが〝お山〟と呼ぶ山へと出たようだ。

それから、ぬらりひょん先生について歩き、草木や花の名などを教わりながらお山を散策した。

頂上付近まで登ると、周囲の山々も広く見渡せる。

青々とした緑豊かな山々。その間を水面を輝かせて川が流れている。

あの川が滝となってあばら屋のそばの滝つぼに落ち、さらに下流へ川幅を広くしながら平地を抜けて、やがて日本でも十本指に入る大きな川となるのだという。

「ほれ、見なされ。この辺り見渡す限り、その山のさらに向こうまでも加々見が司《つかさど》る領域なのじゃよ」

加々見はふもとに見えるあの川とその流域の山々を司っており、日本に数多存在する八百万《やおよろず》の神の中でもかなり力の強い神様なのだと、ぬらりひょん先生に教えてもらった。

「このお山だけではなかったんですね……」

「そうじゃとも。それだけたくさんの領域を見守り、山川を正常に保ち、そのうえ誰に対しても慈愛の心を向ける。だから、多くのあやかしたちが慕り頼ってやってくるのじゃよ」

加々見のことを教えてもらえばもらうほど、なぜそんな尊い方に自分のようなみすぼらしい人間が妻としてそばに置いてもらえるのか……理由がわからなくて不安を覚える。どう考えても分不相応だろう。

きっと、それだけ慈悲に溢れた方だから、自分のことも不憫《ふびん》に思って置いてくださってるんだろうなとは思うけれど、それにしては待遇がほかのあやかしたちとは違いすぎる。せいぜい女中のひとりでいいはずなのに。

「なぜ、そんな素晴らしい方が私のような者を妻に迎えてくれたのでしょう……」

内の不安がよほど顔に出ていたのだろう。

ぬらりひょん先生は、ホッホッホと高らかに笑うと絹子の背中をぽんと叩いた。

「そんな顔をするでないよ。お主は、もう少し自分に自信を持ちなされ。加々見は、お主を選んだんじゃ。アレの心の内はわからんが、少なくともアレにとってほかの者たちとは違うということじゃよ」

ぬらりひょん先生はそう言葉をかけてくれるのだが、絹子の顔は浮かないままだった。

そもそも加々見とは、あのひとりぼっちの婚礼の儀のあとにあばら屋で会ったのが初対面なのだ。そのときすでに、加々見は自分を絹子の夫だと名乗り、絹子を妻に迎えるつもりでいた。

そういえば、あのとき加々見が絹子のことを巫女だと言っていたことを思い出す。

「旦那様が私をここに置いて大事にしてくださるのは、私がその巫女とかいうものだからでしょうか」

しかし考えれば考えるほど、自分がその巫女などという特別なものだとは思えなかった。自分は至って普通の、いや普通よりもずっと見劣りする人間だ。

考え込んで押し黙ってしまった絹子に、ぬらりひょん先生は穏やかな口調で尋ねる。

「お主は、巫女とはどういうものか知っておるか？」

「……神社などで働く、舞や神楽《かぐら》を奉納する女性のことでしょうか」

絹子の言葉に、ぬらりひょん先生はゆるゆると首を横に振る。

「たしかに人間の世では、そのような人間の女子《おなご》の生業《なりわい》のひとつを巫女と呼ぶようだがな。ワシたちあやかしや神たちが呼ぶ本来の意味での巫女は〝神子〟とも書くことがある。本来、神々しか持たないはずの神魂《しんぱく》をわずかとはいえその身に宿す人間のことを言うんじゃよ」

「神魂、ですか……？」

初めて聞く言葉に、絹子は小首をかしげる。

「そうじゃ。人間にはわからぬのじゃろうが、力のあるあやかしや神々には、お主の身体から神魂の気が立ち昇るのを感じることができる。お主もお天道様の光に紛れてしまうことのない暗闇でなら、自身の身体から神魂が沸くのを感じられるのではないかな？」

暗闇で、と言われて絹子はふと思い出した。小さい頃から、暗闇で目が青白く光る絹子のことを、家族は獣のようだと言って蔑《さげす》んでいたことを。

自分ではそれが嫌で仕方なかったのだけれど、あれももしかして……。

「も、もしかして、暗闇で目が青白く光ったりするのも、そのせいなのですか？」

思わずぬらりひょん先生の裾を掴んで言う絹子に、ぬらりひょんは「うむうむ」と目元をくしゃりとやわらげて頷く。

「それも、お主の身体から滲み出る神魂の光じゃよ。巫女は人の身でありながら神魂を持つがゆえに、神と人間の間を取り結ぶことのできる、たいそう稀有《けう》で重要な存在なのじゃ。神々は大地や自然、あらゆる生き物から力を得て奇跡を起こす」

そう言うと、ぬらりひょん先生はふもとを流れる川に視線を落とす。

「しかし、人間たちは自然界のコトワリから大きく外れてしまった。今なおその乖離《かいり》は大きくなり続けるばかりじゃ。だから神々はすでに人間から力を得ることができぬ。唯一、社や祈りがあればそのときは力を得、逆に力を分け与えることも可能じゃがな。――だが」

　ぬらりひょん先生は再び絹子に目を向けると、好々爺然《こうこうや》とした笑みを浮かべる。

「人でありながら神の魂をも持つお主たち巫女は、離れつつある神と人間たちをつなぐのじゃ。祈りや社がなくとも巫女がおれば神々は人から多くの力を得、逆に力を与えることもできる。だからこそ、多くの神々が巫女に惹かれ、自分のものにしたいと願う。神にもいろんな者がおるからの。慈愛に満ちた神もいれば、荒ぶる神もいる。加々見がお主にこの山から出るなと固く申したのはそのためじゃ。この山の中は加々見の力が強く働くおかげで、ほかの神々からお主を守ることができるのじゃ」

　加々見が絹子に決してこの山から出てはいけないと強く言っていたのは、そのためだったのだ。

　加々見が自分を妻にし、そばに置いてくれるのは巫女の素質があるから。

　彼にとって自分がなにかしら価値ある存在であれるなら、素直に嬉しいと思えた。

　しかし一方で、自分がここにいられるのはたまたまその巫女という存在だったからで、もしそうでなかったらとっくに追い出されていたことになる。

　それを思うと、胸の奥がきゅっと痛くなってきて、絹子は胸を押さえて俯いた。

　その仕草が落ち込んでいるように見えたのか、ぬらりひょん先生は長い白髭をさすりながらこんなことを尋ねてくる。

「お主はアヤツの妻でおるのが嫌なのかの?」

絹子は弾かれたように顔を上げた。顔を真っ赤にして、ぶんぶんと首を激しく横に振る。

「そんなこと、ありません! ありません! 加々見様の御心が変わるまででいいんです。ただ、おそばにいさせていただければ……」

たとえそのあとに飽きられて捨てられても。再び、下働きや女中として過酷な人生をひとりぼっちで送るのだとしても。

「あの方との思い出だけで、きっと一生、幸せに生きていけると思うのです」

こののちの残された人生がどれだけ暗いものであっても、その一条の光を思い返すだけで、どんなつらさにも耐えていける。ほんのひとときであったとしても、それほどの美しい時間をたしかに与えてもらえたのだから。

「せめて、……そのご恩をなにかしらお返しできればいいのですが……」

そうはいっても、神を相手にどうやれば恩が返せるのだろう。思いつくのは……。

絹子は、谷から山を登って吹き上げてくる風に遊ばれる髪を、右手で耳にかけながら山の稜線の彼方《かなた》へと目を向ける。

「加々見様は、私に淑女になれとおっしゃいました。それなら、今はそれに励むのが唯一の、ご恩を返す道なのかもしれません……」

もっと頑張って数々のレッスンを自分のものにしなければ、と絹子はそっと拳《こぶし》を握った。

「お主のそういうしなやかで芯の強いところに、アヤツは心惹かれたのかもしれんな。よきかな、よきかな」

ぬらりひょん先生は、ホッホッホと愉快そうにいつまでも笑っていた。

ダンスやテーブルマナー、英語を教えてくれるのは、欧羅巴出身のシルフという名の先生だった。

背が高いのにとても華奢《きゃしゃ》で、透き通るような白い肌をした青い目の美しい女性だ。いつも周りにそよ風を漂わせていて、緩くウェーブのかかった金糸のような長い髪はふわりふわりと揺れている。シルフとは、風の精霊を意味するのだそうだ。

そして今日はテーブルマナーのレッスンの日。

加々見が屋敷にいるときは一緒に昼食をとるのが常だったが、彼はいつも忙しそうでいないことも多かった。今日も朝食のあと、慌ただしく出かけていった。

そんなわけで、今日の昼食の時間をテーブルマナーのレッスンにあてることになったのだ。

いつもの食堂で、絹子はひとり、白いテーブルクロスのかかった長テーブルの前に座る。すぐ後ろに立つシルフ先生は、歌うように軽やかな声で始まりを告げた。

「デハ　キヌコ。キョウハ　セイヨウリョウリ　ノ　レッスンデス。イイデスネ～」

「は、はい。先生」

緊張でごくりと生唾を飲み込む絹子の前には、ナイフやフォーク、スプーンが何本も並んでいる。

「コレラハ　カトラリー　トイウモノデス。ジュンバンハ　モウ　オボエマシタ～ネ？」

「え、えと……はい」

箸一本で済む和食と違って、西洋のコース料理は出てくる料理ごとに使うフォークやスプーンが決まっているため、それを覚えるだけでも一苦労だった。

前回までの授業で一通りは習ったし、教科書のマナー本で配置や使う順番の復習もしてきた。それなのに、実際の食器を目の前にすると頭が真っ白になりそうだった。

シルフ先生がパチンと指を鳴らすのを合図に、食堂の奥にある厨房から茜が料理ののったワゴンを押してきて、絹子の前に前菜の皿を置く。

この屋敷専属の厨房長が作る前菜は、見た目にも美しくとても食欲をそそるものだ。しかし今の絹子にはそんな余裕はなかった。

「ダイジョウブ　ハジメハダレデモ　マチガエルモノデス～」

「は、はいっ」

（最初の前菜に使うフォークはどれだったかしら。たしか外側に置かれたものから使うはず……。これ……だった……かな？）

一番端に置かれたナイフとフォークを手に取った。

ちらっと横目でシルフ先生の表情をうかがうと、にこっと微笑みを返してくれる。

これらで間違いなかったようだ。ほっと胸を撫でおろすが、まだ試練は続く。

食べ方にも、ルールがあるのだ。そのルール通りにフォークを動かし、かつエレガントに見えるようにしなければいけないとシルフ先生が言っていたのを頭の中で反芻する。

左手に持ったフォークで皿の上の食材を押さえ、右手のナイフで一口の大きさに切り分ける。フォークでそれを刺し、皿の上に絵を描くように添えられた色鮮やかなソースを絡ませて口に運ぶ。

「エレガント！」

シルフ先生が軽やかに拍手で称えてくれた。絹子は間違えずに一口目を食べられたことに内心胸を撫でおろしつつ、二口目に取りかかる。

でもようやく前菜を乗り越えたばかり。コース料理はまだまだ続くのだ。

なんとか一通り食べ終わったときには食事をしただけとは思えないほどぐったりし

て、自室へ戻るやいなや長椅子にへたり込んでしまうのだった。

そのほかにも華道や茶道をはじめ、英会話や歌唱、音楽や芸術といった様々なレッスンを日々こなしていった。

その日も午前中に、現世で人に姿を変えて音楽家をしているというあやかしに、まだ日本では珍しい蓄音機を使った欧羅巴音楽のレッスンを受けたあと、午後には社会情勢のレッスンが入っていた。

このレッスンを絹子は密かに一番楽しみにしている。なんと先生を務めてくれるのは、加々見本人なのだ。

いつも多忙で屋敷にいないことも多い彼だったが、絹子の家庭教師をする時間だけは毎回きっちり戻ってきてくれる。

それだけで絹子は申し訳ない気持ちでいっぱいだったが、その反面、その時間になると確実に彼と会うことができて、しかもふたりっきりで過ごすことができるのだ。

そわそわしながら自室の壁に掛けられた鳩時計を眺めては、今か今かとその時間が来るのを待っているのに時計の針は全然進んでくれない。

そのうち、そんな絹子の様子を見ていた茜がくすくすと笑みを漏らした。

「奥様。少しは落ち着いてくださいお茶をお持ちしましょうか？」

「そ、そんなにそわそわしてたかしら……」

今日の服装は、空色のワンピース。

山の上にあるためかこの屋敷は夏でもかなり涼しく過ごしやすい。窓を開けていると、屋敷を囲む森に冷やされた心地よい風がするりと部屋の中を通り過ぎていく。

時計ばかり見ているとまた茜に笑われてしまうかもしれない。

(もう見ないようにしよう……見ないように……見ないように……)

手持ち無沙汰だとつい時計に目が行ってしまいそうだったので、机に座って万年筆を取り出すと日記を書くことにした。

これも字の練習のために始めたものだ。最初の頃は簡単な文を書くので精一杯だったが、買ってもらった辞典を引きながら毎日書いているうちに少しずつ難しい漢字も覚えてきた。最近では、美しい文字を書くことに意識を向ける余裕も出てきていた。

それなのに、今日はちっとも書くことが思い浮かばない。

朝の散歩のときに庭で見つけた見事なヤマユリについて書こうと思っていたのに、意識がすべってなかなか集中できなかった。

そうこうしているうちに、もうかなり時間が経っただろうと期待を込めて時計を見るものの、さっきから十分も経っておらず、がっかりして肩を落とす。

そんな絹子のことを茜はなんともいえない、微笑ましいものを見るような目で見守っていた。

そんなとき、コンコンという軽やかな音が聞こえる。

すぐに扉を叩く音だと気づいて「はい！」と返事をしながら立ち上がる。

カチャリと扉を開けたのは、古太郎だった。

彼は絹子と目が合うと、露骨にすっと視線を逸らした。逸らしたまま、

「書斎で、加々見様がお待ちです」

感情の読み取れない無機質な声で知らせてくれる。

絹子は古太郎に駆け寄った。

「まだお時間には……」

絹子がそばまで来ると、古太郎はさっと後ろに下がって距離をとる。

明らかに避けられているような、その態度。

この屋敷に来てから数か月。屋敷のほとんどのあやかしたちとは、かなり打ち解けられたと思っている。もともと引っ込み思案なタチの絹子はフレンドリーに接することができるわけではないが、それでも絹子が挨拶をしたり話しかけると、みな気持ちよく親しみをもって返してくれる。

だが、古太郎だけは別だった。加々見がそばにいればまだマシだが、彼がいないときは睨まれたり、舌打ちをされたりする。

たぶん……いや、きっと嫌われていることは間違いない。

「今日は早くお帰りになられたのです。もし奥様のご準備が整っていましたら、もう書斎に来て構わないとのことです」

ついてこいと言わんばかりに向きを変えてスタスタと廊下を歩きだす古太郎に、

「い、今行きますっ」

絹子も慌ててついていく。

なにか、彼に嫌われるようなことをしてしまったのだろうか。だがそれを本人に問いかけることは怖くてできなかった。

粛々と黙って古太郎の後ろを歩く絹子だったが、そんな絹子に古太郎が前を向いたまましゃべりかけてきた。

「絹子様。加々見様が絹子様を大事にされるのは、あなたが巫女であるという事実、ただそれだけによるものです。分をわきまえた振る舞いをなさるようにお願いします」

容赦《ようしゃ》なく釘《くぎ》を刺してくるような言葉に、もうすぐ加々見に会えると思って浮き立っていた絹子の心はしゅんとしぼんでしまう。

「わ、わかっています……」

古太郎はゆっくりと足を止めると、絹子を振り返る。

俯き加減についていた絹子も、自然と立ち止まった。

古太郎が眼鏡の奥から、睨むような眼差しで忌々しげに絹子を見る。

「絹子様。あなたは、先代のミコの代わりだということをわかってらっしゃいますか？」

「先代の……巫女……？」

ひゅっと息をのむ絹子に、古太郎は眼鏡を指の腹でくいっと上げた。

「はい。あなたの前に三笠家から生贄として差し出されたミコです」

そういえば、百年ほど前にも生贄を差し出したと以前聞いていたことを思い出す。そのおかげで三笠家は山神様……つまり加々見からの加護をあつく受けられ、富と地位を築いたのだ。

その人が生贄として山神様に捧げられたあとのことを絹子は知らない。

「加々見様は先代のミコのことを、それは大事になさっていたそうです。あなたはその代わりにすぎない。加々見様があなたを通して愛しく思ってらっしゃるのは先代のミコであって、あなたではない」

てっきりあのあばら屋で一生を終えたのだとばかり思っていたが、考えてみたらあの優しい加々見がそれをよしとするはずがない。きっと絹子と同じようにこの屋敷に招かれて、絹子と同じように……いえもっと加々見に大切にされて、生涯を終えたのだろう。

まだ加々見と出会って数か月しか経っていない絹子と比べて、その何倍も何十倍も強い絆《きずな》がそこに生まれたことは想像に難くない。

「そのことを、ゆめゆめ忘れないことです」

そう言い捨てると、古太郎は再び廊下をすたすたと歩いていく。

今古太郎に言われたばかりの言葉があまりに重い衝撃となって、絹子の圧《の》しかかった。

（加々見様が愛しく思ってらっしゃるのは、先代の巫女……）

自分ではないのだ。自分はあくまでその方の代わりにすぎず、彼が今も愛しているのは……。

絹子はぎゅっと唇を噛んだ。そうしていないと、今にも感情が溢れてしまいそうだったから。

（……なにを思い上がっていたのかしら。加々見様が私みたいなのに愛情をかけてくれるはずがないじゃない。あったとしても、それは神様としての慈愛。特別なものはなにもない。加々見様が今も特別に思っていらっしゃるのは先代の巫女だった人のこと……私なんかじゃない）

そう何度も何度も自分の心に言い聞かせる。

離れたところから古太郎が「早く来なさい」と呼ぶのが聞こえた。

絹子は今にも溢れそうになっている涙をそっと指で拭うと、ぎゅっと拳を強く握って古太郎についていった。

廊下をしばらく歩くと、ひとつの大きな扉の前に着く。ここは、加々見が屋敷で仕事場にしている書斎だった。

書斎とは言うが、絹子はここに来るたびに図書室のようだなといつも思う。通っていた小学校の図書室よりも、もっと多くの本があるからだ。

古太郎が扉をノックすると、すぐに中から返事があった。

「絹子様をお連れしました」

古太郎が開けてくれた扉から、室内へと入る。

入ってすぐに目につくのは、天井まで届く壁いっぱいの書棚。棚には本がぎっしりと置かれていた。日本のものだけでなく、なにやら外国の文字で書かれたものもある。

入ってすぐのところには洋風のソファーセットがあり、その奥に大きなこげ茶色の机が置かれていた。その机で加々見は書き物をしていたようだ。

古太郎は恭しくお辞儀をすると、書斎から出ていく。

去り際、さっき言ったことを忘れるなよと言わんばかりに、一瞬冷たい視線を投げてからパタリと扉が閉まる。

室内には加々見と絹子のふたりだけになった。

「やぁ、少し早めだったけど、大丈夫だったか」

　革張りの椅子から立ち上がって、加々見が絹子を迎えてくれる。

　外出から戻ってすぐだからか、今日の彼は上品な三つ揃えに身を包んでいた。そのモダンで洗練された雰囲気につい見惚れそうになるものの、先ほど古太郎に言われた言葉が蘇ってきて、胃の中に鉛《なまり》が詰まったような苦しさを覚える。

　彼の柔らかな笑みは、本当は自分ではなく先代の巫女に向けられるものなんじゃないか。自分は単にその子孫であり、同じ巫女とやらの素質を継いだ代用物にすぎない。

　絹子がいつになく硬い表情をしていたからだろうか。加々見は朗らかな笑みを引っ込めて、絹子のそばまで来ると心配そうに顔を覗き込む。

「どうした？　体調でも悪いのか？　それなら今日はやめにしておこうか」

　気遣うような優しい言葉。それも今の絹子にはかえってつらく響く。

　いつもなら彼にかけられるどんな言葉も嬉しくて、大切な宝物のように思うのに。

　絹子は申し訳なさでいっぱいになり、首をゆるゆると横に振った。

「いいえ、大丈夫です」

「……そうか？」

　加々見はまだ心配そうにしていた。

　その金色の瞳に見つめられると、胸の中にたまった疑問がつい口から飛び出してしまいそうになる。

先代の巫女は、どんな人でしたか？

その人のことを今も、深く想ってらっしゃるのですか？

でもそれを聞いてしまって、彼の本当の気持ちを知るのがなにより怖かった。

だから、ぎゅっと唇を噛んで、必要最小限の返事をしたあとは黙りこくっていると、ふうと彼から小さなため息が聞こえる。

「ずっとここにこもっているんだ。たまには息抜きも必要だな。……そうだ。今度の日曜日は空いているか？」

「日曜日、ですか？　はい、空いています」

毎日いろいろなレッスンが入っているけれど、週に一度、日曜日だけは完全に休みとなっていた。

「じゃあ、その日。一緒に街に繰り出さないか？」

「え、街……ですか……？」

加々見が意図することがわからず、絹子は目を瞬《しばた》かせる。

「ほかの神々に狙われないようにと君をここに閉じ込めていたが、私と一緒に出歩くならちょっかいをかけてくる者もいないだろう。それに、君はとてもよく頑張っているからな、その褒美《ほうび》に帝都を案内してあげようかと思ったんだ。……いや、違うな」

加々見は視線をさまよわせると、どこか照れくさそうに頬を指でかいた。

「私が君と一緒に街を歩いてみたいんだ。その……ふたりだけで。どうだ？」

絹子は、こくこくと頷くのが精一杯だった。

さっきまであんなに暗雲垂れこめる気持ちだったのに、彼とふたりでお出かけできると聞いて急に嬉しさに心が満ちてくる。

加々見はたくさんのものを絹子に与えてくれた。それ以上に望むのは古太郎も言っていたが分不相応というもの。

（身代わりでもいい。加々見様がここに私を置いてくれる限り、精一杯彼のために生きよう）

そう思えば、不思議と腹もすわってくるのだった。


そして約束の日。

茜をはじめとする絹子のお世話係一同は、朝からいつも以上に張り切っていた。

その輝く表情を見た瞬間、抗っちゃだめだと悟った絹子がされるがままになっていると、あれよあれよと身支度が整えられていく。

普段、屋敷の中では洋装で過ごすことが多くなっていた絹子だったが、今日は人の多いところに行くため、あまり目立たない方がよいという加々見の指示もあり、着物で出かけることになった。

といっても、着せられたのは裾に金糸で桔梗の花があしらってある可愛らしくも華やかな薄桃色の留袖に、鮮やかに色づく紅葉をうつしとったかのような上品な紅色の羽織。さらに髪は女学生のように後ろに下ろして白いリボンをつけ、靴は皮のブーツといった和洋折衷だ。

（これも、充分目立っているんじゃないのかしら……）

そう思わなくもないけれど、まだ女性が洋装で出歩くことは珍しいから、それよりは幾分目立たないのかもしれない。

玄関前まで行くと、すでに身支度を終えた加々見が待っていた。上質なダークブラウンの三つ揃えをきっちりと着こなした彼は、ただ立っているだけで気品が漂う。

「さあ、行こう。私の奥様」

彼は絹子を笑顔で迎え、優雅に右手を差し出してくる。

「は、はい」

その右手に自分の手を重ねると、優しく握られた。

そして屋敷の前に用意されていた馬車に手を引かれて乗り込む。

御者は一見人間のようだが、あの人は屋敷の中で見たことがあった。いつもは三股の尻尾と猫の耳が出ている化け猫のあやかしだ。今はその尻尾も耳も隠しているようだった。

絹子の隣に加々見が腰を下ろすと、すぐに馬車は動き始める。

屋敷を出て橋を越えれば、いつの間にか馬車は現世《うつしよ》の道を走っていた。

広い道路の両側には背が高く立派な建物が並んでいる。

絹子は、突然変わった景色に驚いて、馬車のふちに手をついて見上げた。

「幽世は現世とは距離感が違うからね。この辺りには仕事でよく来るから、幽世の出入り口をつなげてあるんだ。ここら一帯は商業地だから、商社やら新聞社やらの建物が多いだろ。最初の目的地は、もう少し行くと見えてくる」

彼が指さした先に、高い塔のようなものが見えてきた。赤いレンガ造りのその塔は、周りの建物に比べて断トツで高く、天に向かってすくっと建っている。

「あれは浅草《あさくさ》公園にある凌雲閣《りょううんかく》。浅草十二階とも言われている、帝都で一番背の高い建物だ」

「わぁ……」

馬車は緑の多く茂る公園の中へとそのまま入っていく。

公園の中はたくさんの人でにぎわっていた。その人々が行き交う中を馬車は進んでいく。

近くまで来ると、凌雲閣は圧倒されるほどの高さだった。絹子はただもう驚いて、ぽかんと見上げるばかり。

　そうこうしている間に、馬車は凌雲閣の門の前で止まった。そこからずらっとたくさんの人の列が凌雲閣へと続いている。ここは、大人気の観光スポットのようだ。

「さあ、行ってみよう」

「はい」

　加々見に手を支えてもらって、馬車から降りる。するとすぐに凌雲閣の方から、身なりのいい男性がひとり走り寄ってきた。彼は加々見を見るなり、恭しく頭を下げる。

「神内《じんない》様。お待ちしておりました。ささっ、こちらへ」

「ありがとう」

　加々見は優雅に笑みを返すと、絹子の手を取って、その男の先導で進んでいく。そして、ずらっと並んでいる人の列をしり目に、どんどん凌雲閣に近づいていき、ついには入り口の中へと入ってしまった。

「あ、あの……並ばなくていいのですか？」

　心配になって絹子が尋ねると、加々見は「ああ」と笑う。

「私たちは並ばなくてもいいんだ。ここが建つときにずいぶん融資してるからね」

　後半ボソッと言われた言葉の意味がわからず、

（ゆうし？　ゆうしってなんだろう）

と思っている間にも、加々見はどんどん先へと進み、とある小さな扉の前にたどり着いた。

「これは、日本初のエレベーターというものだ。一瞬で上まで行ける不思議な機械だな。まぁ……作動が不安定だったんで、すぐに運用停止になってしまったんだが、今日は私たちのためだけに特別に整備して動かしてもらった」

「え……私たちのため、だけに……？」

「そう。前にも一度、この凌雲閣ができたばかりのときに乗ったことがあったけど、もう一回乗ってみたかったしな」

ほどなくして、チンという音とともに扉が開く。

「さあ、おいで」

加々見に手を引かれて小部屋の中に入ると、ふたりでいっぱいになるほどの狭さだった。

ここまで案内してくれた男性は、扉の外で「いってらっしゃいませ」と恭しくお辞儀をして見送ってくれる。

その向こうでは、階段に並ぶたくさんの人々がこちらを見ていた。羨望《せんぼう》に溢れる彼らの視線にはっとするが、すぐに扉が閉じる。そのあと、急にその小部屋がぐらぐらと揺れだした。まるで地震のような揺れに思わず加々見の腕にしがみついてしまう。

「大丈夫だよ。そら着いた。ここはもう八階だ」

再び扉が開くと、目の前に広がる景色はすっかり変わっていた。丸い形をした室内には小さな店舗が立ち並んでいて、練香水や絵葉書といった土産物を売っている。

そしてここにも、たくさんの人だかりができていた。

「こちらだよ。ここからは少し歩くけれど大丈夫かい？」

「は、はい」

通路を進んだ奥に階段があり、手すりを掴んで上っていく。

加々見は絹子の後ろで見守るように歩調を合わせてついてくる。

「きつければ、抱っこしてあげようか？」

なんて平然と言うので、「結構です！」と足を速めたら余計息があがってしまった。

十階まで上ると、今度は大きな螺旋《らせん》階段があった。息を弾ませながら上っていけば、その上で階段は終わっていた。

「ここが最上階の展望台だよ。よく頑張った」

最上階の小部屋の扉から外に出ると、びゅんと強い風が絹子の髪をあおった。

そして、目の前に開けた三百六十度のパノマラに大きく目を見開く。

小部屋の周りをぐるっと一周できるように細い通路が取り巻いていた。通路の外側には簡単な柵しかなく、柵の向こうには空が広がっている。

まるで雲の上から階下を見下ろしているような、そんな心地になった。

目線を前に向けると、ぐるっと帝都中が見渡せた。

柵に手をついて下を覗けば、地上がずっと下に見える。地上を歩く人がまるで蟻《あり》のよう。じっと地面を眺めていると、すぅっと吸い込まれてしまいそうで思わずくらりとしてしまう。

「危ない」

すぐ後ろにいた加々見が後ろから抱くようにして支えてくれたから、ヒヤッとしただけで済んだ。

「あ、ありがとうございます」

「ここは狭いからな。気をつけるんだ。ほら、あっちに見えるのが富士山《ふじさん》だよ」

加々見は右の方向を指さす。そこに、頂《いただき》に雪をかぶった立派な富士山が見えた。

もう危なくないのに、彼は包み込むように絹子を抱いた腕を離してくれない。

彼の体温に包み込まれるとともに、絹子の心臓もどきどきと高鳴った。

「あ、あの。もう大丈夫です……」

消え入りそうな言葉で言うのだが、加々見は離してくれない。

「なにが大丈夫なんだ？」

「それはその……もう落ちそうにならないように、気をつけますから」

しかし、加々見はくっと喉を鳴らすと口端を上げて笑う。

「私が大丈夫じゃない。心配だし。なにより絹子との触れ合いが足りない」

加々見は絹子の肩に頭を預けるようにして、ますます体の密着は深くなる。

「ふ、触れ合いって……！　そ、それにほかの人たちが見てますよっ」

ぼっと顔が火を噴いたように熱くなった。

恥ずかしさでいたたまれなくなる半面、後ろから包まれるようにして抱かれているのを心地よいと感じる自分に驚く。いつからそんなはしたない女性になってしまったのだろう。

加々見はくつくつと愉快そうに声を漏らした。

「勝手に見せておけばいい。久しぶりに絹子に会えて、君を独占できるんだ。構うもんか」

そしてひと際強くぎゅっと絹子を抱きしめると、耳元でささやく。

「私のもとへ来てくれてありがとう、絹子。君が愛しい。離れていてもつい君のことばかり考えてしまうほどに」

――それは私ではなく、私を通して先代の巫女さんを見ているのではないですか？

そう喉まで出そうになったが、ぐっとのみ込んだ。

彼の言葉に勝手に自分で意味を付け足すのは失礼なことのように思えたから。

今は、今だけは素直に受け取って、その言葉に酔っていたい。

絹子は彼の腕にそっと自分の手を重ねると小さく頷いた。

「はい。私もいつもお慕いしております」

それは偽りない絹子の気持ち。自然と笑みがこぼれた。

冷たい風がしきりに吹きつけていたが、加々見に抱かれていると彼の温かさに包まれるようで、ちっとも寒くなかった。


凌雲閣から下りると、次は同じ浅草公園内にある活動写真館へと行ってみた。

目の前に張り出された白布に映る動く絵に、絹子は口をぽかんと開けたまま見入ってしまう。

白布の横に控えた弁士の語り口がまた軽妙で、動く絵にぴたりと合うのだ。

手に汗握っていたらあっという間に活動写真は終わってしまった。

会場にいた客たちは終わればすぐに会場を出ていく。しかし、絹子が名残惜しそうにしていると、加々見はすぐに察して「もう一回見るか?」と提案してくれた。

嬉しくてこくこくと頷く絹子の頭を、加々見は優しくぽんぽんと叩くとすぐに次の回の切符を買ってくれる。

結局、三回も見てしまった。

そうこうしているうちに太陽は真上にのぼり、お昼時になっていた。再び馬車に乗るとしばらく揺られて、着いたところは牛なべ屋だった。

牛なべは今大流行していて、帝都中にたくさんのお店ができている。

その中でもこの店は特に上等そうな店構えだった。大きな屋敷一棟がまるまる牛なべ屋となっており、店の横には店名が書かれた旗がひらめいている。出入りするお客さんも、上品な身なりの人ばかりだ。

加々見の馬車が店の前に着くなり、今度もすぐに店から前掛けをつけた番頭さんが転がるように出てきた。

「お待ちしておりました。お席のご用意はできております」

「ありがとう」

慣れた様子で返す加々見。

案内されたのは、二階にある広い部屋だった。開け放された窓からは、店の裏にある見事な庭園がよく見渡せる。

そこに座布団が二枚と、その間に木でできた四角い箱のようなものが置いてあった。箱を覗くと中に七輪が入っており、すでにいい具合に赤くなっている。

ふたりが向かい合って座ると、店の人が底が浅くて平たい鉄鍋を持ってきて七輪の上に置いた。そこに茶色いタレを注ぎ、薄切り肉と白ネギを入れていく。

タレが煮立って肉の赤みが褐色に変わる頃には、ふんわりと醤油《しょうゆ》の芳《かぐわ》しい香りが漂い始めた。

「そら、もう食べ頃だろう。椀を出してごらん」

言われた通りに椀を手に持っていたら、加々見が肉を一枚、箸で取って入れてくれた。

まだふつふつと熱を放つ肉。ふーっと息を吹きかけてから、はむっと口に含む。

途端に口の中へ甘辛い醤油の味が広がり、噛めば噛むほどに肉のうまみが染み出してくる。ほどよく脂がのっていて、口の中でとろけるようだった。

食べ終わった頃合いに、再び加々見が椀へ肉を入れてくれる。

そうしてふたりとも夢中で肉をつついたあと、顔を上げた拍子にふと視線が絡み合って、お互い笑顔がこぼれた。

「美味しいかい？　口に合えばいいのだが」

「は、はひっ。ほへも」

つい口の中に肉を入れたまま答えてしまって、いけないいけない、と黙って口を急いでもぐもぐさせる。

しかし加々見は気にした様子もなく、絹子が食べる姿を目を細めて眺めていた。

「だいぶ歩いたからな。疲れたろう。ここで少し休んでいくといい」

ごくんと飲み込んでから、「はい」と答える。

店の人は肉の皿を置いて下がってしまったため、今は広い個室にふたりだけだ。それが、とても落ち着けた。なんだか、加々見の屋敷にいるようでほっと心が和むようだった。

「今日も、相変わらず浅草界隈《かいわい》はにぎわっていたな。人混みの中を歩くのは大変だっただろう」

そう加々見は気遣ってくれる。

たしかに、久しぶりに着た着物。それもいかにも高級そうなこの着物が着崩れては大変と小股で歩いたので、いつもより移動が大変ではあった。とはいえ、加々見は絹子に歩調を合わせて始終ゆっくり歩いてくれたので、さほど苦労したわけではない。

それよりも、気になったのは周りの人たちの視線だった。

これだけ顔立ちが整い、しかも洗練された雰囲気の漂う加々見に人々の視線が集まるのは仕方がないことだろう。それは誇らしくもあったけれど、その反面、その隣にいるのが自分なんかでよかったのかと、人の視線に気づくたびにちくりちくりと小さな棘《とげ》が胸に刺さっていたのも確かだった。

屋敷にいるときも加々見の美しさは重々わかっていたけれど、多くの人の中にいればその美しさは明らかに際立っていた。

「やっぱり……みなさん、加々見様のことを注目なさいますよね」

椀を見つめながら、ぽつりとそんな言葉が口から漏れる。

しかし、加々見から返ってきたのは意外な言葉だった。

「やっぱり、君はわかってなかったんだな」

「……え？」

顔を上げると、くすりと笑みを漏らす加々見と目が合う。

「たしかにじろじろ見てくる不躾《ぶしつけ》な輩も多かったが、アレは私を見ているだけじゃなかった。ご婦人の方々はまぁ、艶っぽい目で見てくる人もいたが。男の視線はほとんど君に注がれていたように思ったが？」

「わ、私……ですか？」

こんな美しい人を差し置いて、なぜ自分のことなど見る人がいるのだろうとわけがわからず、絹子はきょとんとする。椀に次の肉を入れられて、ようやく我に返った。

「気づいていなかったんだと知って、少し安心した。男たちの視線に気づいていたら、歩きにくかっただろうからな。本当は誰の目にも触れないように屋敷に閉じ込めておきたいが、その反面、みんなに見せびらかしたくもなる。君はそんな魅力を持っているよ」

じっと見つめる加々見の優しい視線に、パッと絹子の顔に朱がさす。

と、そこに「失礼します」と店の人が追加の肉を持って部屋へ入ってきた。

絹子は熱くなった顔を隠すように慌てて背を向ける。

そんな絹子の姿を、加々見は愛おしそうに見つめていた。


牛なべ屋を出たあと、馬車はレンガ造りのビルディングが立ち並ぶ大通りを走り抜けて、とある重厚な石造りの建物の前で止まった。

「ここは……？」

わからないままに、加々見に手を支えられて馬車から降りる絹子。

「日本橋《にほんばし》で一番大きな呉服店だ。昔は、畳敷きの大きな屋敷を店舗にしていたが、最近はこういう形態の店も増えたな。おいで」

手を引かれて立派な入り口から入ると、すぐに広い三和土《たたき》がある。

ここでもすぐに三つ揃えの上品な従業員が、加々見を見るなりすすっと寄ってきた。

「神内様。ようこそいらっしゃいませ。ささっ、どうぞお履き物をお預けください」

男が用意してくれた室内用の履物に履き替えて店内に上がる。

男は加々見たちを店の奥へと案内した。

通路の両側には大きな硝子《がらす》のケースが置かれ、そこに煌びやかな宝飾品や、上質そうな化粧品が並んでいる。ケースのひとつひとつには和服姿の若い女性店員がついていて、通路を通る絹子に恭しくお辞儀をしてくれた。

つい足を止めて硝子ケースの中に見惚れてしまいそうになる絹子だったが、案内の男はゆっくりした足取りながらも加々見と話しながらどんどん奥へと歩いていく。

「いやぁ、この前は驚きましたよ」

「あのときは苦労かけたね」

ハハと笑う加々見。

「あんな風に買われたお客様は前代未聞です。神内様が突然お越しになられたかと思ったら、最高級品のフロアに置かれた商品棚をいくつも指さして『ここからここまで全部くれ』とおっしゃるんですから。宝飾品もお洋服も根こそぎ買われて、あのお買い上げっぷりは今でも従業員の語り草になっております」

「あのときは彼女のために急遽《きゅうきょ》揃えることになったんだ。ここなら、上質なものが一気に手に入るからな」

「我が呉服店をご信頼いただき、誠にありがとうございます」

加々見に商品が売れることが極上の誉《ほま》れだというように、男の言葉には感謝の気持ちが溢れていた。

「絹子。君をうちの屋敷に招き入れようって決めてから、君が来るまであまり時間がなかったからね。ここと、向こうにある家具店で一気に揃えてもらったんだ」

「じゃあ、あの部屋のものはこのお店で……？」

驚いて問う絹子に、加々見は頷く。

「ああ。君が来るまで私の屋敷には女性向けのものがあまりなくてね。君はほとんど物を持っていなかったから、ここでまとめて揃えて、屋敷の者たちの手を使って屋敷に運び込んだ」

たしかに絹子の部屋にあるものは、家具ひとつ、洋服ひとつとってもどれも上質なものばかりだった。もとから誰かのためにあそこにあったものだと思っていたけれど、まさか絹子を招き入れるために急遽用意されたものだなんて想像だにしなかった。

それで案内の男の加々見への丁寧な接客に合点がいった。加々見はかなりの上客なのだろう。

一体この店で彼がいくらお金を使ったのかわからないけれど、その原因が自分と知って絹子は申し訳なくて肩身を小さくする。

この人は、いや、この神様はなぜこんなにお金を持っているのかわからないけれど、絹子のためとあれば容易に散財してしまうところがあるようだ。

ここは自分がちゃんと彼を止めなければ、いつか家計が傾いてしまうんじゃないかしら。

三笠家が蝶子たちの浪費で傾くさまを間近で見て育った絹子には、自分のために浪費させるなんてとんでもないという気持ちだった。それはもう使命感のようなもので、この旦那様にこれ以上浪費させてはならないと心の中で強く誓うのだった。

それなのに、案内されたところは呉服店の中でも最高級の品ばかりが集められた一角。店員の数もほかより明らかに多い。その全員が、こちらを向いて丁寧にお辞儀をしていた。

（ひえ……。これは、心して、なんとしても浪費を防がなければ……！）

と決心したのに、連れていかれたのは奥にある採寸部屋。

「じゃあ、私は外で待ってるから」

と、にこやかに送り出され、ドアが閉まるとともに採寸係のお姉様方にあれよあれよと体中のサイズを測られてしまう。

ようやく採寸が終わって加々見のもとに戻ると、彼はカウンターのそばの椅子に腰かけていた。カウンターの上には、なにやら服の絵が何枚も広げられている。

「やあ、終わったかい。今日は、夜会用のドレスを仕立ててもらおうと思っていてな」

「ドレス……ですか？」

店の人が引いてくれた椅子に、絹子も腰を下ろしてカウンターの上の絵を眺める。

どれも、華やかな色遣いでフリルや生地をふんだんに使ったドレスだった。まるで異国のお姫様がお召しになるような美しさに目が奪われてしまう。

でも、心惹かれる気持ちを振り払うように絹子はふるふると首を横に振った。

「だめです。こんな高そうなもの……。お金がなくなってしまいます」

きゅっと眉を寄せて加々見を見れば、彼はぽつりと漏らす。

「そういう表情もとても可愛いな。だが金のことなら心配しなくてもいい。それにこれからきっと必要になるものだから、今ここで選んでもらった方が私としてもありがたい」

真摯《しんし》な瞳で見つめられてそう言われるともう、絹子にはそれ以上抗うことなどできなかった。

選べと言われても、鮮やかな水色のドレスも、満開の桜のような薄桃色のドレスも、お日様のようなクリーム色のドレスも、どれも素敵で甲乙などつけられない。

視線があちこち飛び回っているうちに、加々見の信じられない言葉が聞こえてきた。

「じゃあ、これとこれとそれとあれ……と、そっちのもくれないか」

すぐさまカウンターに控えていた背広の店員が恭しく応える。

「かしこまりました」

「五着もですか!?」

つい上ずった声が出た。一着だけでなく、五着も!?

「今、その五着で迷っていただろう?」

「そ、そうですけどもっ」

「じゃあ全部もらえばいい。もっと欲しければ好きに選んでも構わないぞ。どうせ、何着も必要になるんだから」

「け、結構です……」

旦那様に節約させよう計画は、あっさり頓挫《とんざ》してしまった。これ全部でいくらするんだろう。軽くめまいがしそうだ。

そのあと、この店の店長だという袴姿で髭の立派な男性が挨拶に見えた。

絹子も挨拶を交わしたが、店長と加々見はなにやら経済についての難しい話を始めたため、気を利かせた店員が絹子を硝子ケースへと案内してくれる。

硝子ケースの中にはまるで美術館かと見紛うような豪華な宝飾品が並べられていた。大粒のエメラルドがついた指輪や、ルビーのブローチ。ひと際目立ったのは、大きなダイヤを惜しげもなく使った二連のネックレス。

宝石たちのキラキラとした輝きに目を奪われていたら、突然声をかけられた。

「お前が加々見の巫女か？」

巫女と呼ばれて、突然強く腕を掴まれる。

黒い羽織から伸びた日焼けした腕が、がっちりと絹子の右腕を掴んでいた。

反射的に顔を上げると、散切りにした黒髪の青年が値踏みするような目でじっと見下ろしている。

（赤い、目……）

人間離れした整った顔立ちに、すぐに相手が普通の人間ではないとわかったが、その赤い瞳に睨まれると身がすくんで動けなくなってしまった。

すぐに加々見を呼ぼうとしたが、突然のことに恐怖で喉が掠《かす》れて声が出ない。

赤い目の男は、強い口調で言う。

「お前。俺の嫁になれ」

絹子は彼に威圧されてなにも発せられなかったが、ぐいと強い力で引っ張られ、ぞくりと背筋が凍る。

このままどこかに無理やり連れていかれてしまうのではないかと恐ろしくなった。

とっさにショーケースを掴んで足を踏ん張る。

しかし、男の力は凄《すさ》まじい。抵抗むなしくショーケースから引きはがされて連れていかれそうになった。

「い、いやっ！」

ようやく、そう声が出たときだった。

「私の妻になんの用だ？　阿久羅《あくら》」

すぐ耳元で、加々見の声が聞こえた。同時に、ふわりと大きな胸に抱きとめられる。

仄《ほの》かに鼻孔をくすぐる甘い香り。

見上げると加々見が、見たこともない鋭い視線を赤目の男に向けたまま、絹子を二度と離すまいとするようにしっかりと抱き寄せていた。

加々見の存在に安堵する絹子。

一方、赤目の男はすぐに絹子から手を放して後ろに跳んで逃げたが、加々見が腕を真横に強く振った途端、男の周りにだけ激しい旋風《せんぷう》が巻き起こり勢いよく吹き飛んだ。男は後ろにあった背の高いショーケースに背中を打ちつけると、そのまま派手な音を立てて割れたショーケースとともに倒れ込む。

しかし、加々見が阿久羅と呼んだその男はすぐに「いてててて」なんて言いながら、硝子の破片を手で叩き落として立ち上がった。

「なんだ、加々見。常に超然とした態度を崩さないお前が、珍しく厳しい顔してるな。そんなお前を見たのは初めてだ。それほど、その嫁が大事か？」

加々見は噴き上がりそうになる怒りを抑え込むかのように、低く抑えた声で答える。

「当たり前だろう。私の絹子に手を触れたこと、一生忘れぬ傷をつけて永遠に後悔させてやろうか？」

阿久羅は倒れた拍子に硝子で切ったのか、腕のあたりから流れた血が指から滴っていた。その血をぺろりと舐《な》めると、にぃと口端を上げて笑った。

「お前が巫女をもらったと噂に聞いたから、見に来ただけだったんだがな。間近で見ると、やはり巫女の力はそそられる。女。近いうちに俺が嫁にもらい受けに――」

「黙れ」

阿久羅の話が終わる前に、加々見が阿久羅に向けて突き出した手のひらをぎゅっと握った。

その瞬間、阿久羅の周りにあったショーケースやソファー、巨大な棚、割れた硝子、そのほか辺りのなにもかもがみな、まるで強力な磁石に引きつけられるように高速で阿久羅へと飛び集まった。すぐに阿久羅の姿は家具に隠れて見えなくなり、ひしゃげながら大きな球になってぎゅっと集まる。

絹子は阿久羅が家具と一緒につぶされたんじゃないかとはらはらするが、加々見が掌を開くと、家具類はどさどさと大きな音を立てて床に落ちた。

しかし、そこに阿久羅の姿は見えない。家具の下敷きになっているんだろうか。

「……あの人は……？」

「あそこから逃げていった」

加々見が指さすのは天井だった。いつの間にか厚い天井に穴が開いて、そこから青空が覗いている。

「あ、あんなところから……？」

「あいつは鬼神、阿久羅。あやかし最強と言われる鬼族の頂点に立ち、神格を得た者だ」

加々見は優しく絹子の髪を撫でると、申し訳なさそうに言う。

「怖い思いをさせてすまなかった。腕は大丈夫か？」

ふるふると絹子は首を横に振った。

「ありがとうございます。もう、大丈夫です」

怖かったのは確かだけれど、助けてくれて嬉しかったのもまた確かだから。

それに、彼が発した『私の妻』という言葉がじんわりと胸に染み込んで、自然と頬に笑みが戻る。

それを見て加々見もようやく目元をやわらげた。

「よかった。でも、やはり油断ならないな。ほかの神々もすでに君の存在に気づいているようだ」

そこに店長が駆け寄ってくる。

「お怪我はございませんか!?」

改めて見渡すと、店内はまるで嵐が過ぎ去ったかのような惨状になっていた。しかも天井には穴まで開いている。被害総額が一体どれくらいになるのか、絹子には想像すらつかない。

加々見は辺りを見渡すと苦笑交じりに店長に言う。

「どうやら大きなつむじ風でも起きたようだ。申し訳ない。ここの修理と補填はうちが全面的に持つことにするよ」

だが店長は滅相もないと恐縮しきり。

まさか神同士が争った結果、こんな惨状になったと説明するわけにもいかない加々見は、いつも世話になっているからと譲らず、しばらく話し合ったのち、ようやく店長が折れてくれた。

店長たちに丁重に見送られて馬車に乗り込んだあと、加々見はふぅと息を漏らす。

「……よかった。うっかり私がやったと知られたら、出入り禁止になりかねない。あそこほど品揃えのよい店はこの国にはほかにないからな」

出入り禁止どころの騒ぎでは済まない気がするのだが、とりあえず、大事なく済んでよかったと絹子は胸を撫でおろした。

安心したら急に、見知らぬ神に攫《さら》われそうになったという事実が思い出されて、再び恐怖がぶり返してくる。

強く握られた腕、鋭い赤い瞳。

阿久羅は本気で絹子のことを連れ去ろうとしていた。

また、阿久羅はすでにほかの神々も絹子のことに気づいたと言っていた。

これからも彼のような神々に狙われることもあるかもしれない。

加々見が絶対にお山から出ないようにと固く言っていたことの意味を初めて実感した。

身体の震えが止まらない。まるで極寒の中にいるかのように、ガタガタと歯の根が震えて、たまらず絹子は両腕で自分の身体を抱く。

怖くてたまらなかった。

そこにギシリと沈む感触があって、見ると絹子のすぐ隣に身を寄せるように加々見が腰を下ろしていた。そして、絹子の肩を抱くと顔を寄せる。

「君のことは私が守る。誰にも渡したりしない」

彼の腕に包み込まれた温かさとともに、彼の声がじんわりと絹子の心に染み込んでくる。

しばらくそうやってくっついていたら、いつしか震えは止まっていた。

「私も、加々見様以外の殿方の誰のものにもなりたくありません」

それはつまり、加々見のものになりたいと言っているのと同じことでは？と気づいて、急に恥ずかしくなった絹子はあたふたしだす。

「え、えっと、あの……それはその……」

そんな絹子を加々見は愛しそうに見つめていたが、「あ、そうだ」と思いついたようにジャケットの内ポケットを探る。

そこから小さなものを取り出して絹子に差し出した。

手に取ると、それは白地に金糸が織り込まれた小袋だった。

「……お守り、ですか？」

「ああ。袋は茜に縫ってもらったが、中に込めたのは私の加護だ。こんなことは二度と起こさないつもりだが、もし万が一私がいないときになにかあったときのために、念のため持っていてほしい」

見た目は普通のお守りなのに、仄かに甘い花のような香りがする。加々見と同じ香りだ。

絹子はお守りを大事に握り込むと、パッと顔をほころばせた。

「ありがとうございます。ずっと、大事にします」

「いい子だ」

ふいに加々見の顔が近づいたかと思と、おでこにチュッとキスを落とされた。

一瞬固まったあと、再び絹子の顔がぼっと火がついたように耳まで赤くなった。

「だ、旦那様……！」

馬車の中とはいえ、真昼間の突然の触れ合いに絹子の心臓はバクバクと高鳴ってしまう。

いや、夜ですらいまだ寝室は別々で夜の営みらしきものはなにもないので、こういう接触にほとんど免疫がない。

「絹子があんまり可愛いから、仕方がない」

くすくすと加々見は楽しそう笑う一方、なんとなくからかわれている気もして、絹子はぷうっと頬をむくれさせる。

そんな絹子の頬を指で優しくつつきながら、加々見が安堵したような口調で言う。

「よかった。なんだかこのところ気落ちしたようだったから、少し心配だったんだ」

「そ、それは……」

たしかに気落ちしていた自覚のある絹子は、むくれ顔をひっこめてしゅんと俯く。

落ち込んでいた理由は、ただひとつ。

以前、古太郎から聞かされた先代のことだ。

『加々見様は先代のミコのことを、それは大事になさっていたそうです。あなたはその代わりにすぎない。加々見様があなたを通して愛しく思ってらっしゃるのは先代のミコであって、あなたではない』

古太郎はそう言っていた。

だとすると、加々見が今隣にいてほしいのは先代の巫女であって、絹子ではないのだ。絹子はただ、先代と血のつながった子孫であり、同じ巫女の素質を持つ、一番似通っている代替物でしかないのだ。

だから加々見が絹子を大事にしてくれればくれるほど、先代の巫女への思いの強さを実感してしまう。

先代の巫女とは、一体どういう人だったんだろう。

今のような写真などもない時代。その姿を見ることなどできない。

絹子の中では、先代の巫女は絶世の美女で、性格も素晴らしく、加々見の隣に立つにふさわしい女性だったんじゃないかと想像が膨らんでいた。このままではその想像に押しつぶされてしまいそうだった。

「どうした？　絹子？」

俯いてしまった絹子を気遣うように、加々見が顔を覗き込む。

「気になることがあるなら、なんでも言ってほしい。私はまだ、君のことをちゃんとわかっているわけじゃない。足りないところがあるならすぐに直すから、なんでも伝えてくれ」

真摯な瞳でそう言われると、絹子とて黙ったままではいられなかった。

居住まいを正すように座席に座り直すと、加々見を見つめる。

「あ、あの……ひとつ、お尋ねしてもいいですか？」

「なんだ？」

「……私の前に三笠家から出された先代の巫女ってどんな方だったのでしょうか？」

加々見は驚いたように目を見開いた。

「先代？　ギンのことか……？」

絹子は小さく口の中で「おギンさん……」と呟いた。凛とした美しい女性が頭によぎる。加々見の隣に座る彼女の姿が目に浮かぶようだった。

一方、加々見は、

「ギンは、そうだな……」

小さく笑みを浮かべると、窓の外に視線を映した。

「いいやつだったよ。あいつは頑なにあのあばら屋を離れようとしなかったんだ。自分は三笠の家の務めとして、ミコとしてここにいるんだから離れるわけにはいかないと言ってな。私が山神なんだから、私がいいと言えばいいじゃないかと屋敷に住むように何度も誘ったが、頑として受け付けなかった。頑固なやつだったんだ」

そう言って加々見は笑っていたが、絹子は頭を金づちで打たれたような心地だった。

先代はあのあばら屋を離れなかった。生贄としての、巫女としての役目を果たすために。

しょっぱなからひょいひょいと加々見についてきて、いい生活にどっぷりと浸っている自分とはなにからなにまで違うように思えて、絹子の気持ちは地の底までも沈んでいきそうだった。

そんな絹子を知ってか知らずか、加々見は懐かしそうに話を続ける。

「だから、私は足繁くあのあばら屋に通うはめになったよ。毎日のように行っていた。何年も何十年も。あいつの命尽きるまで」

加々見はすっと視線を窓の外に移す。しかし彼の瞳は外の景色を映してはおらず、その目は過去の思い出に浸っているようだった。

「いろんな話をした。山のこと。里のこと。この国のこと。文化や芸術のこと。楽しかったな……。山のことしか知らなかった私に、あいつは世界の広さを教えてくれた。そのおかげで今の私がいる」

その横顔を見ていると、彼にとっておギンさんがどれだけ特別でどれだけ大切な人だったのか、いやでも実感させられる。

自分は先代の代わりにすぎないのではないかという気持ちすら、粉々に打ち砕かれていた。

彼にとって、おギンさんは唯一無二の存在なのだ。そんな存在に自分みたいな者が張り合おうなんておこがましい。

それでも手の中に握り込んでいたお守りの感触だけが、なんとか絹子の気持ちをこの場につなぎとめていた。

お守りをくれたということは、多少なりとも絹子を大切に思ってくれる気持ちがあるということだから。

そうじゃなかったらいたたまれなくて、馬車を無理やり止めてでも外に飛び出していたかもしれない。

そんなことをしているうちに馬車は日比谷公園にある松本楼《まつもとろう》へと着いた。

手を取って馬車から降ろしてくれた加々見は紳士的で優しくて、そのうえはっとするほどに美しくて、複雑な気持ちがぎゅうぎゅうに詰め込まれた絹子の心は痛くて仕方なかった。

日比谷公園は日本で初めて作られた洋式公園で、その中にたたずむマンサード屋根の三階建てが松本楼だ。

洋式公園の中にあるだけあって、店内も西洋風だった。テーブルと椅子が配置されており、絹子たちは三階の眺めのいい窓際席に案内される。

加々見はこの松本楼で評判だというカレーライスと珈琲《コーヒー》を、絹子はまだあまりお腹がすいていなかったのでアイスクリンを注文した。

アイスクリンをスプーンで削り取り、口に運ぶ。ひやっとした冷たい感触と、ミルクの甘さが疲れた身体に心地よい。元気が戻ってくるようだった。

向かいの席で加々見がカレーライスを頬張っている。

彼は和食やフレンチを食べているときもまるで作法の見本のような美しい所作だけれど、こういう少し砕けた場でも仕草が洗練されている。そのうえ、本人も神がかり的な美しさを身にまとっているのだから、見慣れた絹子でさえもつい彼に見惚れてしまうのだ。

そんな絹子の視線に気づいた加々見は、にっこりと笑ってカレーののったスプーンを差し出してきた。

「君も食べたいかい？」

「い、いえ。そういうわけでは……」

物欲しそうに見えたんだろうか。恥ずかしくなって顔を俯かせ、アイスクリンをパクリと口に入れる。

「絹子。こっち向いて。口を開けて？」

「え？」

突然そんなことを言われてぽかんとする絹子に、加々見は「ほら、開けてみて」とせかす。

言われた通りに口を開けると、加々見の持っていたカレースプーンが絹子の口に飛び込んできた。

口いっぱいに広がるスパイシーな風味。

「!?」

驚いて目を白黒させながらカレーをもぐもぐ食べる絹子に、加々見はおもちゃを自慢する少年のような顔で笑う。

「な？　うまいだろ？　カレーライスは松本楼のものが一番絶品だと思うんだ」

たしかに美味しい、とは思う。

(でも、今、彼に食べさせられた!?　彼のスプーンで!?)

それを思い返すとなんとも気恥ずかしくて、絹子は顔を赤らめて喚いてしまった。

「加々見様、はしたないですっ」

「そうか？　いいじゃないか、夫婦なんだから」

加々見は珈琲を飲みながら涼しい顔をしている。

その様子に、絹子はむぅっと少し頬をむくれさせた。

彼が一体どれくらいの年月を生きているのか見当もつかない。けれど、いつもは落ち着いた大人の雰囲気をまとわせているのに、ときどき急に少年のような顔をするのは、正直ずるいと思う。そのギャップに絹子の心は乱されっぱなしだ。

だから、ちょっと仕返しがしたくなった。普段ならそんなこと思いもよらないのに、ふたりだけの砕けた雰囲気がそうさせたのかもしれない。

絹子は顔をむくれさせたまま、加々見に尋ねる。

「加々見様。アイスクリンはいかがですか?」

「ああ、うん。そっちも涼やかで美味そうだなとは思ってた」

「では、お一口どうぞ」

絹子はスプーンで一口すくうと、彼の前に差し出す。

加々見は一瞬、ん?という表情をしたが、すぐににこやかに微笑むと、テーブルに身を乗り出して口をわずかに開け、スプーンに顔を近づけた。

その傾けた顔、白く伸びた首筋、わずかにシャツの隙間から覗いた鎖骨。

見てはいけない禁断の瞬間を覗いてしまったような錯覚。

彼のすべてが大人の色香に満ちていて、絹子は思わずスプーンを持ったまま固まってしまう。

そのスプーンに加々見はパクリと食いつくと、

「うん。やっぱり、アイスクリンもいいな」

なんて平然としていた。

一方、絹子はスプーンを持ったまままわなわなと数秒動けなくなったのち、たまらずわっとテーブルに突っ伏した。

彼がアイスクリンを食べたときの色気に満ちた姿が頭に焼きついて離れない。

思い出すたびに頭の中がきゃーっと大騒ぎしそうになり、しばらく顔を上げることができなかった。

（どうしよう。どうしよう。どうしたら……そうだ、違うことを考えよう。そうすれば冷静になれるはず。違うこと、うーん、違うこと）

なるべく色っぽくないことがいいわよね、と考えているうちに思い出したのは、呉服店での加々見の豪快な買いっぷりだった。

「そうだ！　旦那様、お金使いすぎです！」

「おおっ!?　……え？　お金？」

急に絹子がガバッと身を起こしたため、驚いてのけぞる加々見。

絹子はこくんと大きく頷く。

「あんなにぽんぽんお金を使っては、すぐに家計が傾いてしまいます。ドレスだってあんなにたくさん……」

継母たちは度を越した浪費家だったが、加々見のお金の使い方はその比ではない。

今回購入したドレスだって、三笠家にあったどのドレスよりも遥かに上質で手の込んだものだ。

「ああ、それなら別に君が心配することじゃないよ」

あっけらかんと返す加々見に、絹子はなおも食い下がる。

「神様って、自在にお金を出せるものなのですか？　三笠家に加護を与えて栄えさせるお力があるくらいですから、恵比寿《えびす》様のようなお金の神様でもあるのですか？　でも、そうだとしても私なぞにあんなに使うなんて」

家の主人が浪費で家を傾かせれば、そこで働く人々も職をなくしたり充分な給金がもらえなくなったりするのだ。いつもよく世話をしてくれる茜たちのためにも、そんなことには絶対にしたくないと語気を荒くする。

加々見は絹子を落ち着かせようと、どうどうと手でなだめた。

「まず、大事な奥さんのためにお金を使うことを私は無駄だとはこれっぽっちも思ってはいないよ」

コップの水を渡され、絹子はしぶしぶと一口飲む。落ち着きを取り戻したところで、姿勢を正して椅子に座り直した。

「でも、限度というものが……」

「もちろん、こんなこと言ったら野暮になるけど、予算の範囲内でやっているつもりだ。私は金の神様でも恵比寿様でもない。私は大きな社を持っているわけでもないからね。数十年前には、わずかな賽銭くらいしかなかった」

「じゃあ、どうして……」

絹子の疑問に、加々見はくすりと笑う。

「事業を興して、自分で稼いだのさ。人間のふりをして、少ない元手を使って事業を興した。人間としての名前は、神内加々見という」

そういえば、あちこちで番頭が彼のことを『神内様』と呼んでいたのを思い出す。

「事業は思っていたより順調に大きくなって、今では帝都にビルや工場をいくつも持つに至っている。海運にも手を出しているおかげで、屋敷にも舶来物が多いだろう？」

こくんと絹子は頷く。

彼が国内の事情や海外情勢に詳しい理由にも合点がいった。神様はいろんなことを知っているんだな、と漠然と納得していたけれど、そのひとつひとつを彼は独力で身につけたのかもしれない。

加々見は珈琲をこくりと一口喉に落とすと、小さくため息を漏らした。

「御一新後に、変わったのは法律や経済ばかりじゃない。私たち、神やあやかしといった人間とは違う存在の世界も、大きく変わってしまったんだ。政府は内務省を中心に神社合祀《ごうし》を進めて、多くの神々を捨てようとしている。ガス灯の普及や文明化が進むにつれて住む場所をなくしたあやかしも多い。ほとんどの神々は様子見をしているばかりでただ変わるに任せているが、私はそうはしたくなかったんだ。世の中が変わるなら、私たちも変わらなければならないと強く思った」

そう語る彼は、絹子に目を向けながらもっとずっと遠くを見ているようでもあった。

「私の会社や工場で働くのは、そういう行き場をなくしたあやかしたちも多いんだ。

彼らはそうやってうまく人間の世界に溶け込んで、人間のふりをして生きていこうとしている。でも、そうはできない者たちも少数ながらいる……特に、かつて人間に虐げられたり裏切られた過去を持ち、人間を苦手とする者は、人の世に溶け込むのが難しい。私の屋敷で働いてくれているのはね、そういうあやかしがほとんどなんだ」

「……え……？」

思ってもみなかった言葉に、絹子の口から驚きの声が漏れる。

屋敷のみんなは、絹子にとてもよくしてくれていた。特に専属女中筆頭の茜は、いつも元気に絹子のことを励まし、せっせとお世話をしてくれる。ほかのみんなだって、困ったことがあればすぐに手を差し伸べてくれ、親しく接してくれた。

「茜は、昔、人間に飼われていた狐だった。だが、猟犬の練習台として野山に放たれ殺されたあと、あやかしになったんだ。ほかのみなも似たような過去を持っている」

「そんな……」

息をのむ。あのいつも明るく朗らかな茜にそんな過去があったなんて。

一体どういう気持ちで、人間である絹子の世話をしてくれていたのだろうか。

つらくはなかったのだろうか。憎くはなかったのだろうか。

それを思うと、胸がつぶれそうなほど苦しくなる。

ただ、そう言われてみるとひとつだけ思い当たることがあった。

執事長である古太郎のことだ。彼は、加々見には従順だが、絹子とふたりだけのときはよく鋭い視線で睨んでくることがあった。

「古太郎さんも……？」

「ああ、そうだな。あいつは、古狸が化けたものだ。とある農村で神として小さな社で祀られていたんだが、神社合祀の影響で突然社を壊されて追い出された」

そんなことがあれば人間を憎んでも当然だし、あの鋭い視線の理由も納得できた。

あの屋敷は人間たちに追われ傷ついたあやかしたちの最後の砦《とりで》のようなものなのだと、今さらながらに理解する。

そこに突然やってきた、人間の絹子。憎まれ、疎まれないはずがない。それなのに、彼らは温かく受け入れてくれた。

古太郎にしたって、睨んでくる以外のことはなにもない。

「私は、あの屋敷にいてもいいのでしょうか」

気持ちを落ち着かせようと溶け始めたアイスクリンを一口口に含むものの、なにも味がしなくなっていた。

加々見は視線を絹子に戻すと柔らかな微笑みを向ける。

「君が彼らを害したわけじゃない。そのことは彼らだってよくわかっている」

加々見は手を伸ばして、指で絹子の頬に触れた。

「ただ、人が力を増している今の世で、私もいつまであの屋敷を維持できるかわからない。人里から離れて幽世にこもればこもるほど、負の感情が大きくなってしまうこともあるだろう。それでどうしたものかと考えあぐねていたところではあったんだ」

頬を撫でる加々見の手は温かかった。

「絹子。君が屋敷に来てくれたことで、屋敷のあやかしたちも少しずつ変わってきている。君の優しさや真面目さに触れることで、彼らも君を通して人間への感情を変化させているように思うんだ」

フフと加々見は思い出し笑いを浮かべた。

「茜なんて、毎晩仕事終わりに私のところへやってきては、今日の君がどんなに可愛らしかったか、どんなに一生懸命でいじらしかったかと楽しそうに報告してくれるんだよ」

そしてすっと真摯な眼差しで絹子を見た。

「絹子、私のもとへ来てくれてありがとう。やっぱり、思い切ってふたりで出かけてみてよかった。いつもとは違う、いろんな君が見られたから。こんなに心が沸き立つ気持ちになれたのは、久しぶりだ」

加々見の金色の瞳が嬉しそうに揺れる。

いつも自信に溢れて見える彼だが、助けを求めて集まってくる者たちのためにも、神様としてそう振る舞わざるを得ないのだと今になればわかる。

彼はきっと、絹子には思いもよらないたくさんの責任や想いを抱えているに違いない。

それはどんなに尊くて、そして孤独なことだろう。

神である加々見に対して、絹子はなにも持たないちっぽけな人間にすぎない。

でも、なぜだろうか。このとき絹子は心の底から、思った。

彼の力になりたい。彼を支えたい。

たとえ、彼の一番になれないとしても。

彼の心の奥底には自分以外の誰かがいるのだとしても。

離れずそばにいて、彼が立ち止まりたくなったときや休みたくなったとき、寄り添える存在でありたい——。

「私も、加々見様とご一緒できて嬉しかったです。とても」

また、こんな風にふたりの時間を重ねられたらどんなに素敵だろうと、そう思わずにはいられなかった。

第三章　舞踏会の淑女《レディ》

その日、屋敷の一番広い洋室で、絹子はシルフ先生にダンスのレッスンを受けていた。

彼女が見せてくれた手本通りにステップを踏むと、先生は「ブラボー！」と褒めてくれる。

「ソウデス　キヌコサマ　ハ　トテモ　スジガイイ」

「ありがとうございますっ」

玉の汗をかきつつも、絹子は爽やかに礼を言う。

習い始めた当初は身体の動かし方に戸惑って何度も転んでしまったものだったが、慣れてしまえばなにも考えなくとも軽やかに動けるようになっていた。

それにダンスで鍛えられたおかげか自然と背筋が伸びて、凛とした姿勢を保てるようにもなっていた。

そもそも屋敷では今までのように俯いている必要もない。そんなことをしていたら逆に、『具合が悪いんですか？』とみんなから心配されてしまうだろう。

だから、絹子はもう俯くのはやめた。

今はこの数々のレッスンに熱心に取り組もう。そして一日でも早く、加々見が求める水準までたどり着こう。それだけを頭において頑張ってきたのだった。

「デハ　コンドハ　クンデヤッテミマスヨ」

「はいっ」

元気に返事をして、男役をしてくれる先生に身体を合わせると、ふたりは鮮やかなステップを踏みながらくるくると軽やかに回る。

部屋の片隅では、赤い髪にたくさんの葉っぱをつけた木の精霊・ドリアードがバイオリンで音楽を奏でてくれていた。

その三拍子のリズムに身体をのせて、ワルツを踊る。

一度も間違えることなく最後まで踊り終え、先生と互いにお終いのお辞儀を終えたところで、部屋の隅から大きな拍手がひとつ聞こえてきた。

振り向くと、いつの間にか部屋に加々見が来ていた。彼は満足げに微笑んで、こちらに歩み寄ってくる。

「素晴らしい。よくこの数か月でそこまでものにしたね。もう君はどこから見ても紛うことなき立派な淑女だ」

なにかと多忙で不在にしがちな加々見だが、屋敷にいるときはいつも絹子のレッスンの様子を見に来ては、こうして励ましてくれるのだ。

「ありがとうございます」

朗らかな笑顔で返すと、加々見は絹子の前ですっと右手を差し出した。

「私もダンスをご一緒してよいですか？　レディ」

絹子はぽっと頬を赤らめると、彼の手にそっと自分の手を重ねてこくりと頷いた。

「は、はい。……きゃっ」

途端に手を引かれると腰を抱かれて彼の胸元へ包み込まれる。甘い香りが鼻孔をくすぐった。

「困ったなぁ……」

絹子は顔を上げて彼を見る。

「なにがですか？」

「そろそろ社交界デビューをして、ほかのみなに君を披露したい。でも反面、こんなに魅力的になった君をほかの男の目に晒《さら》したくなくて、ずっと君をここに閉じ込めておきたくもなってしまう」

眉間にしわを寄せて大真面目にそんなことを言う彼がおかしくて、つい絹子の顔に笑みが広がる。

「きっとみなさんお綺麗でしょうから、私なんて……」

妹の美知華も舞踏会となれば、お金持ちの実業家か、遺産をたっぷり持った華族を捕まえるんだと意気込んで美しさに磨きをかけていたっけ。

三笠の家にいたときは着飾って出かけていく彼女たちを見送るだけで、自身には別世界のことだと思っていた。絹子に許されていたのは、三笠の家の炊事場や井戸端であって、華やかな世界に自分の居場所なんて存在しないと考えていた。

そんな自分がこうやって舞踏会に行くためにダンスを身につけているだなんて。

今もまだ、この生活は夢なんじゃないかと思うことがある。

いつか、はっと目が覚めると、なにもかも消えてしまうんじゃないかと怖くなることがある。

ドリアードのヴァイオリンが軽やかなワルツを奏でる。音楽に合わせてふたりで軽く会釈を交わしてから、ダンスを始めた。

何度も練習を重ねた身体は、くよくよと悩んでいても動いていく。

彼と手をつないだまま離れたり身を寄せたり。くるりとワンピースの裾をひるがえして回ったあと、絹子を抱きとめた彼がくすりと笑みをこぼした。

「きっと、誰もが君から目を離せなくなる」

「そんなこと……」

「だって、私がすでにそうなんだから。君を見ていると愛しさが溢れてたまらない」

誰もが目を離せなくなるのは加々見様の方じゃないかしら、なんて内心思いながらダンスを続けた。

こんなに見目麗しく、動作のひとつひとつが上品で、気がつくとつい目で追っていたことも一度や二度ではない。

今まで人を好きになったことなど一度もない。だから〝好き〟という感情がどういうものなのか、いまひとつよくわかっていない。

でも、彼を見ると胸の中にぽっとランタンが灯るように明るくなるのだ。その仄かな温かさで、心の内が満たされるような幸せを感じる。

これを恋というのだろうか。彼にもっと触れれば、もっとこの火は強くなるのだろうか。

そのとき、開いていた窓から一羽の白い雀が飛び込んできて、加々見の肩にとまった。

その瞬間、朗らかだった彼の目元が険しくなる。

彼がダンスをやめたので、ドリアードのヴァイオリンの音色もやむ。

「……そうか。わかった。ありがとう。引き続き監視を頼む」

そう一言返すと彼の腕から雀は飛び立ち、入ってきたのと同じ窓から出ていった。

「絹子。ここに来たときのあの古着の着物はまだ持っているね」

「は、はい」

捨てないようにと加々見に言われていたので、今も自室のクローゼットにしまってある。

「それを着て、ちょっと私と一緒に来てほしいんだ」

「どこに行くんですか？」

　そう問いかける絹子に、加々見は小さく苦笑すると忌々しげに言った。

「君が婚礼の儀をあげたあの小さな家だよ。君の家族が様子を見に山を登ってきたようだ」

　君の家族、という言葉に絹子は息をのむ。

　最近はもう思い出すこともほとんどなくなっていた父や継母、妹の顔を思い出して、絹子は胸を押さえた。嫌な動悸《どうき》がしていた。

「彼らは、君が今もあの家にひとりで住んでいると思っているからね。なに、大丈夫。私がついている。なにも心配することはない」

　ぽんぽんと優しく頭を撫でられ、絹子はようやくほっと息を吐き出す。

　今は彼のことを信じて、家族にもう一度対面するしかない。でも彼がそばにいてくれると思うと、ずいぶん気が楽になった。

　加々見と一緒にあのあばら屋へ向かう道すがら、彼は絹子の手をずっと固く握っていてくれていた。それでも絹子の手は小さく震え続けていた。

　あばら屋まで来ると、そっと加々見が手を放す。

　瞬間、思わず泣きそうになってしまう絹子だったが、加々見は絹子の頭を軽く抱き寄せて額へ愛しげに口づけを落とした。

「大丈夫だよ。私は外で見守っている。なにかあればすぐに助けに入るから」

そう言われれば、もうそれ以上甘えるわけにもいかない。絹子はこくりと小さく頷き、ひとりであばら屋に入った。

三笠の家から持ってきたボロのような着物を着て待っていると、加々見が教えてくれた通りに父の茂がやってきた。荷物持ちの使用人をひとり連れているだけで、ほかの家族はいないようだ。

そのことにほっとしつつ、絹子は戸口まで父を出迎える。

加々見はあばら屋の裏で待ってくれている。ここの薄い壁なら絹子と父の会話も彼には筒抜けのはずだ。そう思えば、いつしか震えは止まっていた。

「お父様。お久しぶりです」

絹子が深くお辞儀をすると、茂は流れた汗を手拭いで拭きながら、

「やぁ、久しぶりだね、絹子。元気そうでよかった」

ほとんど絹子を見ることもなく、土間を通って奥の部屋の畳に腰かける。

だから彼は気づいていない。今の彼女は髪も肌も以前とは比べ物にならないほど艶やかで健康的になっていることに。

屋敷の厨房から湯をもらって、竹筒の水筒に入れて持ってきてある。その湯で茶を

淹《い》れると湯呑に注ぐ。

湯呑を盆ごと茂のそばに置いて、絹子は父の脇に控えるように立った。三笠の家にいた頃からの習性で、前に立つことは憚《はばか》られた。

「それにしても、どうしたのですか？　こんなところまでいらっしゃるなんて」

茂は湯呑を手に取ると、冷ましながらもごくごくと茶を飲み干す。ここまで登ってきてよほど喉が渇いていたのだろう。

「ふぅ、ようやく人心地つけた。いやぁ、絹子が山神様の嫁になってくれたおかげで、事業もうまく持ち直したよ。さすが山神様のご加護だ」

「そ、そうですか……」

急須で茂の湯呑にお茶を注ぎつつ、絹子はあいまいに返事をする。

絹子が山神様の嫁になることで、三笠家は山神様である加々見の加護を得る約束だったのだから、彼がなにかしたのかもしれない。

三笠家はあのままではあと数か月ともたなかっただろう。夜逃げ寸前だったといっても過言ではない。それが持ち直したのならば、絹子がここに嫁に来たことには意味があったのだろうか。

もっとも絹子の方は、加々見との生活が楽しくて、三笠家のことなどほとんど思い出すこともなくなっていた。

山神様の嫁になれと突然言われたときには目の前が真っ暗になったが、今となってはお互いにとってよい選択だったのかもしれない、なんて心の中で考えるのだった。

そんなことを考えていたら、茂は予想外のことを口にした。

「お前に感謝しているんだよ。しかし、ここにずっといると特に寒さの厳しい季節は大変だろう。それに三笠家の方も正月は客が多くて大変なんだ。だから、しばらく家に帰ってくる許しをやろうと思ってな」

つまり、絹子を山神様の嫁として捧げたおかげで三笠家は建て直したのだから、その栄華がより長く続くよう、絹子をうっかり冬山で死なせないようにしようということらしい。ついでに絹子を家に連れ帰れば、繁忙な年末年始に働き手もただでひとり増えるというわけだ。

どこまでも身勝手な言い分に、絹子は黙って苦笑するしかなかった。

絹子の顔など見ることもしない茂は、その沈黙を絹子も久しぶりの里帰りを喜んでいると思い込んでいるようだった。

茂は上質なコートの上から腕をさすると、さっそく立ち上がる。

「さあ、こんな寒いあばら屋はすぐに出よう。これじゃあ、外にいるのとなんら変わらないじゃないか」

「え、で、でも……」

実家に里帰りすることになるなんて考えてすらいなかった。加々見は今もこの話をあばら屋の裏で聞いているはずだが、どうすればいいのだろう。

茂はすでに外へ出てしまって、「ほら、早よ来んか！」とぐずぐずしている絹子に声をあげる。一刻も早くこの山から下りたくてたまらないらしい。

絹子は戸惑っていたが、これ以上ここにとどまっていても埒《らち》が明かない。嫌だと言えば、茂は無理やりにでも絹子を引っ張り出そうとするだろう。

茂を説得する言葉をなにも見つけられないまま、絹子はおずおずと戸口の外に出た。

そのとき、あばら屋の裏からなにか白いものが転がるように駆けてきて、絹子の腕に跳びついた。

「きゃっ！」

とっさに身を固くして目を閉じた絹子だったが、

「ほら。行くぞ」

という茂の声に、おそるおそる目を開ける。

「え、でも今なにか跳んできて……」

「なにを馬鹿なことを言っているんだ」

呆《あき》れた顔で茂が言う。荷物持ちの使用人も馬鹿にしたような薄い笑みを浮かべていた。彼らには今絹子に飛びかかってきたものが見えてはいなかったようだ。

（今のはなんだったんだろう……）

狐につままれたような気持ちで腕をさすると、シャラリとなにかが手に触れた。

見ると、左手首にブレスレットのようなものが巻かれている。

（……え？　いつの間にこんな……）

小さなどんぐりや、葉っぱの形をした木製の飾りでできた素朴なブレスレットは、間違いなく加々見がよこしたものだとわかった。

それに指で触れていると、彼がここにいてくれるような心地になる。

この山を去っても、いつも加々見に見守ってもらえているような心強さを感じて、絹子は俯いていた顔を上げた。

「お父様、行きましょう」

「あ、ああ」

さっきまでのぐずぐずとした様子が一転して、急に元気に歩き出した絹子に茂は戸惑いを浮かべつつも、ともに山を下りていくのだった。

三人の姿が小さくなっていくのを、あばら屋の横で加々見は見送る。

その表情は心痛に歪んでいた。

「絹子……すまない。でも、今は我慢してくれ。きっと、君のすべてをもらい受けるから」

絹子が連れて帰られたのは、帝都にある三笠家の自宅だった。

絹子が生贄として山神様と結婚したおかげで没落の一途だった三笠家は持ち直したのだから、もしかしたら自分の扱いも多少変わるかもしれない。絹子はそう仄かな期待を胸に秘めて自宅の門をくぐったが、連れていかれたのは炊事場だった。

「雇人が少なくなって大変なんだ。いろいろ頼んだよ」

茂は絹子にそう一言告げると、さっさと自室の方へ行ってしまう。

蝶子や美知華が出迎えてくれるということもなかった。

絹子は笑いがこみ上げるのをこらえていたが、ついにこらえきれず声をあげて笑ってしまった。

そんな絹子を使用人たちが遠巻きに見ているのに気づいて、はっと笑うのをやめた。そして、「またお世話になります」とお辞儀してみたのだが、使用人たちは絹子と目を合わせるのを恐れるかのように視線を逸らしてそそくさと立ち去った。

なにも変わっていなかった。家族にとって絹子はこの家を出る前と同じ。使用人と変わらず好きに使える便利な人間にすぎないのだ。

（まぁ、いいわ。お正月が終わって父に山へ戻るように言われるまで、つつがなく昔

と同じように過ごしていればいいわけよね）

それにしても、数か月ぶりに帰った自宅だったが、こんなに狭かったかしらと絹子は不思議に思う。

落ち目ではあってもかつては裕福だった商家の家柄。帝都有数の高級住宅街に大きな屋敷を構えているのだが、加々見の屋敷に比べたらその規模も豪華さも遥かに見劣りする。

かつては絹子にとってこの屋敷は自分が生きていく世界のすべてだった。屋敷の敷地内から出ることを許されなかった絹子にとって、ここが目に見えるすべてだった。

でも加々見に出会い、世界はずっとずっと広く果てしなく広がっていることを知った。

加々見は多くのことを教えてくれた。そのことが絹子に力をもたらしてくれる。同じボロの着物をまとい、同じ場所にいても、もう以前の自分とは違うのだという自信を与えてくれる。

なにより、この屋敷でどんなにひどい目にあおうとも、自分の帰りを待ってくれている人がいる。

絹子は胸元からあのお守りを取り出すと、手にぎゅっと握りしめて胸に当てた。

ふわりとお守りから香る甘い匂いに包み込まれると、加々見に守られている気持ちになり、なにがあっても大丈夫だという心地にさせてくれるのだ。

絹子は顔を上げてお守りをふところにしまうと、着物の袖をまくり上げた。

「さあ、今の時間だとお夕飯の支度に取りかかる頃合いね。まずは水を汲んでこようかしら」

蝶子と美知華への挨拶はあとでもいいだろう。茂がふたりに顔合わせもさせずに炊事場に置いていったということは、買い物にでも出かけて不在なのかもしれない。

そんなことを考えながら水桶を持って、屋敷の裏庭のはじにあるつるべ井戸へ足を向けたときのことだった。

突然、左手首にしていたブレスレットが外れてはらりと地面に落ちた。

水桶を掴んだときにどこかにひっかけてしまったのかしらと地面に目をやると、どこから来たのかそこにはもこもことした一抱えほどの白い塊があった。

よく見ると、毛玉かと思ったものは、ふるふると小さな尻尾とともにお尻を振っている。それは、真っ白い毛に覆われている、顔と手脚の黒い、小型犬ほどの大きさの狸だった。

なぜこんなところに狸がいるのだろう。

絹子が驚きで目をぱちくりさせていると、白狸は右脚を上げてにぱっと笑った。

「絹子しゃま！　やっと着いたね！」

「え……しゃべった……？」

あっけにとられる絹子だったが、白狸は井戸のふちにトトトッと上ると二本脚で立って小さな胸を張る。

「あい！　僕しゃべれるよ！　僕は山神しゃまのしもべだもんっ」

「山神様……じゃあ、加々見様の？」

「もちろんっ。僕、前から絹子しゃまのこと知ってるよ！」

「あ……」

そこまでしゃべってから、絹子はその白狸に見覚えがあることに思い至る。

あのあばら屋で初めて加々見に会った日、絹子の草履を咥えて運んでくれたのはこの白い狸だった。

「草履を運んでくれたわよね。あのときは、ありがとう」

礼を言うと、白狸はエへへと照れくさそうにはにかんだ。

「本当はもっと前にも会ってるんだ。僕がまだ黒い毛だった頃だけど」

「え、そうなの？」

「うん。そのとき助けてもらったから、いつか絹子しゃまにお礼が言いたいなって思ってたんだ！　あ、僕ね、琳次郎《りんじろう》っていうの」

絹子が不思議に思っている間にも、琳次郎は絹子とおしゃべりできることが楽しくて仕方ないらしく、どんどん話が変わっていく。

「僕、まだ人間に化けられないからお屋敷の仕事はできないけど、その代わりお山で加々見しゃまのお手伝いしてるの。今も、物に化けるのは得意だから加々見しゃまに絹子しゃまをお守りするようにって言われてついてきたんだ！」

「加々見様が……」

絹子のことを案じてくれているという事実に、きゅっと胸が熱くなる。

と、そのとき。

人の声がして、絹子ははっと振り返った。

母屋の方から、女中がふたり話しながらこちらに歩いてくるところだった。

とっさに琳次郎を背中に隠そうとした絹子だったが、それより先に琳次郎はくるんと一回転すると再びブレスレットに変化《へんげ》して絹子の左手首に納まった。

素早い変化に、女中たちも琳次郎の存在には気づかなかったようだ。

絹子は水桶につるべから水を汲み入れると、何事もなかったように炊事場へと向かうのだった。


日が沈む頃になって、蝶子と美知華は帰ってきた。

蝶子はフリルがふんだんに施されたドレスに、大きな花飾りのついたカクテルハット。美知華は上品なピンクのワンピースに身を包んでいる。玄関前に横付けされた馬車から御者に手を支えられて降りてくる姿は、上流階級の女性そのものといった様子だった。

使用人に買ったばかりの品を山ほど持たせて上機嫌で帰宅した彼女たちだったが、使用人の隅に控えてお辞儀で出迎えた絹子に視線を向けるやいなや、露骨に眉をひそめる。

「あらあら。しばらく見かけなかったからせいせいしていたのに。薄汚いドブネズミがいるわね」

蝶子が扇子を口元に当てて嘲るように言い、美知華は心底軽蔑したように言葉を吐き出した。

「ちゃんと二本足で立って帰ってこれるんだ。びっくり。私だったら、あんなボロボロの小屋、一日でもいたら倒れてしまいそうなのに。基本的な作りが違うのね」

「ホホホ。それはそうよ。あなたは温室で大事に育てられた胡蝶蘭《こちょうらん》のようなもの。道端でしか生きられない雑草とは住む世界もなにもかも違うのは当たり前じゃない」

久しぶりに再会したというのに、義母と妹は口を開けば絹子を貶めてくる。

絹子は頭を下げてじっとそれを聞いていたが、昔と違って不思議となにも思わなかった。

　以前の自分なら、彼女たちの言葉をまったくその通りだと思い込んで、虐げられる境遇を当然のものだと感じていただろう。

　でも、今は違う。まるで他人事《ひとごと》のように彼女たちの言葉はさらりと耳を通り過ぎた。

　絹子の帰る場所は、もうここにはない。待っていてくれる人がいる。そのことがこんなにも強く、絹子のことを支えてくれる。

　それに絹子を生贄として捧げたことで再び加護を受けて三笠家は持ち直したというのに、すっかりそのことを忘れて、富も名声も与えられて当然だと思い込んで疑わないふたりの姿がなんだかとても小さく、そして哀れに思えてしまった。薄氷の上に立っているのに、それに気づかずはしゃぐ子どものよう。

　絹子は顔を上げてふたりに微笑みかけた。

「お久しぶりです。お義母様。美知華さん。お疲れでしょうから、居間にお茶とお菓子をご用意しましょうか」

　以前のように黙って俯くばかりだと思っていた絹子の思わぬ態度に、蝶子と美知華は一瞬あっけにとられたように沈黙したあと、調子が狂ったのか小さく頷いた。

「え、ええ……」

「そ、そうね……」

蝶子と美知華は居間へと向かう。

しかし、すぐに美知華だけ戻ってくると、いきなり絹子の髪をむんずと掴んだ。

「い、いたっ」

思わず身を固くする絹子を、美知華は目を吊《つ》り上げて睨みつけてくる。

「絹子！　なんなの、この髪の艶！　それに、肌だって！　山で野猿のように暮らしていた絹子がこんな艶肌してるわけないでしょ!?　さては、私の部屋に勝手に入り込んで、化粧品や椿油を使ったわね!!」

突然言いがかりをつけられ、絹子は面食らった。

もちろん、絹子は美知華の部屋に勝手に入って化粧品類を無断で使ったことは一度もない。ただ、絹子の肌艶があばら屋で暮らしていたとは思えないくらい、見違えていることはたしかだ。それで美知華は勘違いしたようだった。

「い、いえ、そんな……」

とっさにそう言いかけた絹子だったが、美知華の声を聞いて、先に歩いていっていた蝶子まで怒りの表情を浮かべてつかつかと戻ってくるのを見て口を噤《つぐ》む。

蝶子は廊下に飾ってあった花瓶を手に取ると、中に生けてあった花ごと絹子の頭へぶちまけた。

「まったく盗人猛々《たけだけ》しい。ちょっと気を許すと、すぐこれなんだから。やっぱり、こういうドブネズミなんかを家に入れるべきではなかったのよ。茂さんに言っておかなくちゃ」

蝶子はまだ手に花瓶を持っている。これ以上なにか言い募れば、『言い訳するな』とばかりに花瓶を投げつけられるかもしれない。絹子は黙ってただ深く頭を下げた。

水に濡れた絹子の顔を、美知華は化粧品を盗まれた証拠とばかりに指で乱暴にこすったが、もとより絹子はすっぴんなのだから化粧品など手につくはずもない。

美知華は水しかつかない指を見て訝しげに眉を寄せた。

一方、蝶子は絹子に水を浴びせたことで満足したのか、花瓶を廊下に投げ捨てると「行きましょう、美知華さん」と再び居間の方へと歩いていく。

美知華もそれ以上絹子に追及する言葉を持たなかったようで、不思議そうな顔をしながらも蝶子についていった。

「そこ、片付けときなさいよ。それと、お茶早く持ってきなさいね」

蝶子の声に絹子はただ、「はい」と答えて彼女たちが見えなくなるまで頭を下げ続けた。

ほかの女中たちは蝶子らの剣幕に巻き込まれるのを恐れて、誰も近寄ってはこない。

絹子は腰を屈めると、散らばった切り花と花瓶を手に取った。そのまま、雑巾を取りに掃除用具を入れてある倉庫へと向かう。

周りに人の姿がなくなったところで、ブレスレットになっていた琳次郎がぽんと白狸の姿へと戻り、ぷんぷんと怒りだした。

「ひどいやつら！　絹子しゃまが許してくださるなら、噛みついてやるのに！」

自分の代わりに怒ってくれる琳次郎のおかげで、胸の中に渦巻いていた家族へのさらなる失望感が少し薄らいだ気がして、絹子の顔にも小さく笑みが戻る。

「あの人たちは、昔からああなの」

絹子は布巾で自分の頭と肩の水気を取り、廊下へ戻って雑巾で濡れたところを手早く拭くと、井戸で花瓶に新しい水を入れて花を生け直した。

最初に生けてあったときと比べて、同じ切り花とは思えないほど品のある形に仕上がっている。これも、加々見の屋敷で身につけた淑女としての嗜《たしな》みのおかげだ。

「さて、早くお茶を持っていかないとまた面倒なことを言われるわね」

炊事場へと戻ると壁に掛けてあったタスキをさっと手に取り、着物の袖をまくった。

ヤカンに水瓶の水を注いで火にかけると、炊事場にいた三人の女中たちに声をかける。

「紅茶の茶葉はまだあるかしら。それと、いただきもののお菓子かなにかあればいいのだけれど」

ぽかんと絹子の様子を眺めていた年配の女中が、絹子に尋ねられて「は、はいっ」

と慌てた声を出した。

「た、たしか、そこの棚に茶葉が」

言われた棚に紅茶缶を見つけた。蓋を開けるとふわりと紅茶の香りが鼻孔をくすぐる。同じ棚に有名菓子店のクッキーもある。

「ありがとう。いい茶葉だわ」

にこやかに答える絹子の顔を、女中はまじまじと見つめる。

「どうしたの？」

「え、い、いや」

女中は仄かに顔を赤らめてもじもじとしたあと、

「本当に……絹子さん、だか？　なんか、別人みたいだ」

「え？」

絹子の服は嫁に出る前から着ていたものだ。なにも以前と変わったところなどないと絹子自身は思っていたのだが、炊事場にいた三人の女中たちの反応は違った。

幼い頃から絹子をそばで見てきたからこそ、その違いにすぐに気づいたようだ。

昔と同じボロボロの着物をまとっていても、背筋が伸びて俯くこともなく凛とした声で相手の目を見て話す絹子の姿は、彼女たちには別人のように映っていた。

絹子は口元に指を立てて、にこりと笑む。

「私は絹子よ。そのことに変わりはないわ。でも、もしなにか変わったと感じても、お義母様たちには言わないでね」

女中は、こくこくと頷いた。

「さあ、お湯も沸いたわね。お茶、淹れちゃいましょう」

「か、カップ用意するだ」

女中たちが我先にと、棚からティーカップを取ってきて調理台に並べてくれる。

「ありがとう」

絹子は優雅に微笑むと、ヤカンからティーポットとカップへ湯を注ぐ。こうしてまず最初にポットとカップを温めるのだ。その湯を捨てたあと、茶葉をティーポットへ入れ、再び湯を注いで茶葉をしっかりと蒸らす。

紅茶は加々見の屋敷でシルフ先生から直々に英国風の淹れ方を叩き込まれている。そのため時計を見なくても感覚で適切な蒸らし時間を測ることができた。

ベストなタイミングでティーポットからカップへと黄金色の紅茶を注ぐ。

その上品で優美な姿は、女中たちがほうっとため息を漏らして見惚れるほどだった。

ティーカップとクッキーをトレーにのせて居間へと向かうと、蝶子と美知華はソファに腰かけて、今日買った豪華なドレスや小物を見せ合っていた。

向かいのソファには父の茂がいて、いつになくご機嫌な美知華の姿に頬が緩みっぱなしだ。

彼らの間に置かれたローテーブルへ、絹子はティーカップを置く。

茂と美知華は話に夢中で紅茶など目もくれなかったが、蝶子がティーカップを手に取り一口飲んで、「あら。今日のはなんだか美味しいわね……」と呟くのを見て、絹子の口元につい小さな笑みが浮かぶ。

（いけない、いけない）

絹子はすぐに笑みを消して、部屋の隅で控える。無表情、無関心以外の表情をしては、蝶子や美知華にどんな難癖をつけられるかわからないからだ。

しかし、茂と美知華は話に夢中で、蝶子も絹子のことは見ていなかったため気づかれなかったようだ。密かにほっと胸を撫でおろす。

美知華はソファやテーブルのあちらこちらに有名洋服店の箱を広げて、豪華なドレスを引っ張り出しては胸に当てて茂たちに見せていた。

「こちらのドレスも華やかで素敵なの！　でも、あっちのも上品でいいのよね。こっちのも今、流行《はやり》の色だし。あああん。迷っちゃう！　今度の舞踏会、なに着ていこう！」

「はっはっは。美知華はなにを着ても似合うだろう。男たちの目はお前に釘付けだ。この前も、矢澤《やざわ》男爵のとこの嫡男から贈り物がたくさん来ていただろう。宮内《みやうち》子爵家からも何度も手紙が来てるぞ」

　自慢の娘に目を細める茂だったが、美知華はいやいやをするように頭を横に振る。

「それじゃあだめなのよ、お父様。私の狙いはもっともっと上なの！　だから今度の舞踏会は特別なのよ！　だって、めったに舞踏会に姿を現されない神内様がいらっしゃるのよ！」

「神内といえば、あの神内海運の若社長か。海運事業で莫大な富を築いたっていう。最近じゃ、その莫大な財力を元手に紡績や製鉄、鉱山、はては農地開発にまで手を出してますます成功を収めているとか……」

「そう、その神内様なの！　しかも、お姿を拝見した誰もがその見目麗しさに心を奪われずにはいられないっていう、あの神内様なの！」

「そりゃそんな大金持ちと姻戚関係になれれば、わが三笠家はますます安泰間違いなしだな。海運に強いとなれば、三笠商会の商品を海外に売り出すこともできるかもしれん」

　蝶子も紅茶を飲みながら、にこにこと機嫌よさそうに頬を緩める。

「美知華はなんとしてもその神内様の心を射止めたいのよね。美知華ならできるわよ」

「当然だわ。でも、念には念を入れて準備しなきゃ」

　ぐっと右手に拳を作って意気込む美知華。

今までも舞踏会に出かける彼女たちを何度も見送ってきたけれど、今回のお目当ての相手は今までとは意気込みが違うようだ。

それにしても神内という名をどこかで聞いたことがある気がするのだが、はて一体どこだったっけ……と考えているとき〝彼〟の声が頭の中に蘇った。

『事業を興して、自分で稼いだのさ。人間のふりをして、少ない元手を使って事業を興した。人間としての名前は、神内加々見という』

この前、ふたりで出かけたときに加々見から聞いた言葉だ。

驚きのあまり、手に持っていたトレーを落としそうになってしまった。

（え……!?　じゃ、じゃあ、美知華さんが狙っている相手って……私の旦那様!?）

美知華たちは自分たちが狙っている相手が、絹子を無理やり嫁がせた山神様だとはつゆとも気づいていない。

（そういえば、加々見様は人間のふりをして、人間の世界で事業をされているって言っていたっけ……）

今まで見たことがないくらいの意気込みに燃える美知華に、それを期待した目で見つめる両親たち。

彼らに『それは私の夫です』と何度言おうかと口から出かかったが、結局絹子は言葉をのみ込んだ。

（こんなこと、言ったってきっと信じてなんかもらえない）

彼らはいまだに絹子はあの山奥のあばら屋でひとり寂しく暮らしていると思っているのだ。神様の加護を受けて三笠家を救ってもらっていながらも、山神様が人と同じ姿で実在していると考えてはいない。

それでも隠しておくことに少し罪悪感を覚えながら、その反面、なんともいえないくすぐったさを感じつつ絹子はただ黙ってそばに控えていた。

美知華は加々見の魅力について、噂になっているという見目麗しさと莫大な財力だけしか知らないようだが、絹子は彼のほかの面も知っている。

なんせ数か月同じ屋敷で暮らしているのだから。

彼のことを考えるだけで、どんな場所にいても、つらい思い出しかない実家に身を置いていてさえも、じんわりと胸の奥が温かくなって幸せな気持ちに包まれるのだ。

彼を胸の内に思い浮かべただけで、握られた手の大きさや、服に焚き込めた甘い香り、抱きしめられたときの腕の力強さが思い出されて、ほんのり頬が赤らんでしまう。

（だめだめ、ほかのことを考えよう！　そうだ！　お茶！　お茶のおかわりどうしよう。いつカップを下げてお茶を新しいものに入れ替えようかしら）

ローテーブルに置かれた美知華たちのカップを見ながらそんなことを考えていたら、

「絹子！」という茂の声で我に返った。

「ふゃ、ひゃ、はい！」

驚いて声の茂に視線を向けると、三人は会話をやめて絹子のことを見ていた。

茂が呆れた声で言う。

「どうしたんだ、お前。まぁ、いい。よい話があるんだ。ちょっとこっちに来なさい」

部屋の隅にいた絹子は茂に呼ばれておずおずと近づいていった。

茂が言う『よい話』が絹子にとって本当によい話だとは到底思えなかった。

絹子がそばまで来ると、茂は蝶子に目配せをした。蝶子がにっこりと笑顔で頷いたのを見て、話し始める。

「実は、あの山を破格の値段で買ってくれるという方が現れてね。近々売りに出そうと思うんだ」

「え……」

突然のことに、絹子は言葉をなくした。

あの山とはつまり、絹子が嫁がされたあばら屋があり、加々見の屋敷への入り口があるあのお山のことに間違いない。

あそこは山神様である加々見が遥か昔から管理してきた一帯ではあるが、人間の世界での所有権は三笠家にある。だから所有権を売買することは可能ではあるのだが、まさか山を売るなんて思いもしなかった。

そうなると、その山に住んでいることになっている自分はどうなるのだろう。

加々見が慈しみ、愛している山河はどうなってしまうのだろう。

「そ、それって、どういうことなのでしょう……」

絹子はあまりのことに狼狽《うろた》えるが、茂は絹子の反応などお構いなしに話を続ける。

「お前が生きている間はあの山のどこかに住まわせてくれという条件はのんでもらった。そのうえで、ほとんど使い道のなかった山を大金で買い取ってもらえて、お前がそこで生きている限り加護も消えない。これほどよい話はない。そう思うだろう?」

ほくほくと嬉しそうに話す茂。絹子の反応などどうでもいいのだろう。茂にとっては相変わらず、絹子は道具でしかないのだ。

「そう、ですか……」

「じゃあ、そういうことだから。買主はいずれお前のところに顔を見せに来ることもあるかもしれん。せいぜいよく扱ってもらえ」

「……はい」

暗い声で返事をする絹子だったが、茂は意に介した様子もなく手で絹子を追い払う仕草をした。もう話は済んだから下がれということらしい。

絹子は小さく頭を下げると、茂たちが飲み終わったティーカップをトレーにのせて部屋をあとにした。

廊下でひとりになった絹子は重いため息をつく。

あの山の新しい所有者とは、一体どんな人物なのだろう。

今までは、たまに猟師などが通ることを除けば他人が山に入ってくる心配もなかった。だから絹子があばら屋にいなくても誰も気にすることなく、幽世にある加々見の屋敷で暮らすことができたのだ。

しかし、他人の所有物となれば、あのお山は一体どうなってしまうのだろう。新しい所有者があの山を、そして絹子のことをどう扱うつもりなのかまったくわからない。

もしかすると、絹子のことを……。

嫌な想像をしてしまい、背筋をぞっと冷たさが這い上がってくる。

かつての絹子なら、実家から出られるのならばどんなに過酷な場所であっても否とは言わなかっただろう。あばら屋に嫁がされたときのように、ただ流されるままに従っただろう。

しかし今はもう絹子には帰るべき場所があり、そばに寄り添いたい人がいる。

もうほかの誰のものにもなりたくはなかった。

炊事場に戻ったあと、流しでティーカップを洗っているとポロポロと雫が頬を伝って手元に落ちる。涙がとめどなく溢れて止まらなかった。

今にも嗚咽《おえつ》が口をついて出てきてしまいそうだったから、唇を噛んで必死にこらえながら手早くティーカップとポットを洗い、勝手口から裏庭へと出た。

辺りはすっかり夕闇に包まれて、屋敷の明かりがぼんやりと庭を照らしているだけになっていた。

絹子は目元を指で拭う。

悔しかった。悔しくてたまらなかった。

あの山を売ると言われて、反論ひとつできない自分が悔しくて仕方がなかった。

あの山は、人間の思惑なんかで好き勝手をしていい山じゃない。

加々見がずっと昔から守ってきた山なのだ。

彼が大切にしているものは、絹子にとっても大切なもの。

なんとしても守りたかった。

(どうすればいいんだろう。せめて、山を売るという話を一刻も早く加々見様に伝える方法があればいいんだけれど)

手紙をしたためて投函するにしても、敷地の外に出なければならない。茂たちはきっと許してくれないだろう。それなら使用人の誰かに頼んで……。

そんなことを考えていたら、左手首にはめていたブレスレットがひとりでにするりと外れて、地面に落ちると同時にぽんと白狸の琳次郎に変化した。

琳次郎は右脚をぽんと絹子の足に置くと、心配そうに絹子を見上げた。

「絹子しゃま、泣いてるの？」

円らな瞳で見上げられ、絹子は心配をかけたくなくて無理やり笑顔を作る。

「ううん。もう大丈夫」

なにも大丈夫ではないのだけど、気丈に振る舞う絹子を慰めるように琳次郎はモフモフした身体を絹子にすり寄せてくる。そして、庭を数歩駆けたあと振り返ってちょこんとお座りすると、はやる心を抑えきれないといった様子で教えてくれた。

「あのね、あのね。さっきね、加々見しゃまがこっそり絹子しゃまを見に来てたよ」

予想だにしなかった言葉に驚いて、息が止まりそうだった。

「え……。え、本当に？」

そんなこと全然気づかなかった。

「本当だよ。僕は加々見しゃまのお使いだもの。加々見しゃまが望めば僕が見たものを加々見しゃまも見て、僕が聞いたものを加々見しゃまも聞けるもの。でも、さっきは本当に加々見しゃまがそこに来てたよ。絹子しゃまのことをじっと見つめてた。でも、加々見しゃまが姿を見せないように気配を消されてたら、僕たちお使い以外は気づけないもの」

琳次郎が指示した先は、ちょうど居間の裏手になる。そこに加々見が来ていたのだという。

「でも、絹子しゃん頑張ってるから言わないでって言って、そのまま帰っちゃった」

「じゃあ、本当に……」

絹子は胸元をぎゅっと手で掴んだ。再び涙が滲みそうになる。でも、今度の涙は悲しみの涙でも、悔しさの涙でもない。

自然な笑みが絹子の顔に灯った。

「加々見しゃま、絹子しゃまのことが心配で仕方ないんだって。たぶん、本当は手放したくないんだと思う。そんでね、そんでね。加々見しゃま、この屋敷の四方に結界を張っていかれたんだよ！」

「結界……？」

絹子の言葉に、琳次郎はこくんと頷く。

「そうだよ。絹子しゃまを守るための結界。ほかの神しゃまたちに絹子しゃまを攫われちゃったら大変だもん」

そういえば自分で実感もないので忘れてしまいがちだが、絹子は巫女というものらしく、ほかの神々に居場所が知られれば狙われかねないのだと以前聞いた覚えがある。

現に日本橋で鬼神の阿久羅に出会ったときにも『嫁になれ』と言われてそのまま連れていかれそうになったっけ。

「神々ですら簡単にはこじあけられない、強力な結界なんだよ」

まるで琳次郎自身がやったことのように胸を張る姿がなんとも愛らしい。

くすりと絹子が笑うと、琳次郎は「こっち来てみて」と再び庭の奥へと歩いていく。

そのまま琳次郎についていき、三笠家の敷地をぐるっと囲む赤レンガの壁の角までやってくる。

そこには大きな桜の木が何本か立っているのだが、不思議なことにそのうちの一本だけが幹から枝の先まで全体が青く燐光《りんこう》を放って夜の闇に輝いていた。

「わぁぁ……」

桜の木はただ青く光っているだけではない。その木に強い力が宿っているのが絹子にもわかった。

「庭の四隅にある木にこうやって加々見しゃまの神魂を少しだけ分け与えることで、強い結界を張っているんだ。この中にいれば絶対安全なんだから」

「加々見様の……」

なんとなく懐かしい気配を感じてしまうのは、加々見の神魂が宿っているからだろうか。

絹子はそっと幹に手を触れた。目を閉じれば、そこに加々見が立っているようなそんな心地になり、ほっと心の奥が落ち着くのを感じる。

久しぶりに実家に戻ってきて知らず知らずのうちにため込んでいたつらい感情や緊

張がほろりとほぐされるようだった。

絹子は顔を上げて桜を見上げた。

冬のさなか、桜の花びらがほころぶはずもないのだが、青い燐光はまるで満開の花びらのように煌めいている。

そこで、ふと気づいて慌てる。

「そうだっ。ほかの人が見てびっくりしないかしら」

こんなに見事に夜空に輝く木を見れば、なにも知らない使用人たちは驚いて怖がるかもしれないし、家族たちも訝しがるだろう。

しかし、琳次郎はからからと笑った。

「大丈夫だって。加々見しゃまが上手く隠してるから。神魂を帯びてる巫女の絹子しゃまならともかく、普通の人間には見えないの」

「そういうものなの？」

ほっと胸を撫でおろすと、青く光る桜の木を見上げる。

(加々見様。ご心配なさらないで。私は大丈夫。でも、またつらいこともあるかもしれないから、どうか見守っていてください。それだけで、私はもう、どんなことでも平気なんです)

心からの笑顔で微笑む。

遠く離れていても、彼が見守ってくれていると思うだけで、どんなことでも乗り越えられそうな気がする。ううん。乗り越えてみせると、絹子は気持ちを強くするのだった。


慌ただしい年末年始が過ぎ去り、松の内が終わった翌日。

絹子は開通してまだ日の浅い列車の片道切符とわずかばかりの生活費を渡されて、荷物持ちひとりとともに早朝に家を出された。

寡黙な荷物持ちに持たせた荷物は、小さな風呂敷包みだけ。中にはあばら屋から持ってきた古い着物と、琳次郎の勧めで加々見の神魂が付与されたあの桜の小枝も一本入っていた。これがあれば身の回りにだけ小さな結界の効果が及ぶので、移動中、絹子の巫女としての気配をほかの神々から隠せるらしい。

この程度の荷物なら荷物持ちなど必要ないのだが、彼は絹子がちゃんとお山のあばら屋へ帰ることを見届けるためのお目付け役なのだろう。

しかし、列車の三等車の窓際の席に腰を下ろしたときから絹子の気持ちはうきうきとしていた。人や馬車よりもずっと速いはずの列車のスピードも今はもどかしい。

早く。早く、あのお山に帰りたい。

愛しい彼のもとへ。

そればかりを思って、胸の中が熱くてたまらなかった。

列車を降りると乗合馬車に乗り継ぎ、お山のふもとの村までたどり着く。

そこからはひたすら歩きだ。

今年は雪が少なく暖冬だといわれているが、それでも年末年始にかなり雪が降ったらしく、山々は真っ白い雪景色に覆われていた。

そのためお山へ向かおうとしたところで、村の人たちにこんなときに山に入るなんて自殺行為だと言って止められてしまった。

村長の家に連れいかれ、せめて雪が解けてもう少し暖かくなるまでここで逗留《とうりゅう》するようにと言われる。

ここまでついてきたお目付け役さえも、実際に雪に覆われた山々を目にして何度も止めようとしてくる。

それでも、絹子はかたくなに首を縦に振らなかった。

一刻も早くお山に帰りたかったのだ。

「大丈夫ですから」

山の中腹にあるあばら屋までたどり着ければ、そこから加々見の屋敷まではすぐなのだから。

しかしそれを村の人たちに言うわけにはいかないのでどう説得しようと困っていた

ら、そこに若い村人が慌てた様子で転がり込んできた。

「そ、村長！　大変だぁ！」

「どうした、弥助《やすけ》。今大事な話をしてる最中だっちゅうに」

「それが、それが！　村の外さ、見てみてくだせぇ！」

弥助と呼ばれた若者の必死な様子に、村長はじめ騒ぎを聞きつけて集まっていた村人たちも「どうした、どうした？」と弥助についていく。

村人たちから解放されて、絹子はほっと息をつく。しかし、彼らが向かったのが、村の外れのお山に向かう山道の方角だったのでなんとなく気になってすぐについていった。

村の裏にある山道の入り口まで来て、村長たちは驚いた様子で足を止めた。

「なんてこったぁ。こりゃあ、一体ぜんたいどういうことなんだ」

山には深く雪が積もっている。

それなのに、その細い山道だけがまるでそこだけ春が来たかのように雪がなくなり、ぬかるみもなく、からっと土が乾いていたのだ。

そのうえ、その山道の傍らには小さな花が道をふちどるように咲いていた。

「こりゃ、福寿草じゃねぇか。春一番に咲く花だが、いやいやまだ真冬だぁ!?」

「しかもオラ、こんな色の福寿草、見たことないぞ。普通は黄色い花が咲くもんだが、淡い桃色しとる」

集まった村の人たちが口々に言う。

淡い桃色の福寿草はずっと、山の奥まで続いていた。

まるで大切な人を迎えるかのように。

それを見た瞬間、絹子の足は自然と前へと進んでいた。

花の道の間を歩いていく。

数歩行ってから足を止めて振り返り、丁寧に腰を折った。

「みなさん、心配してくださってありがとうございます」

そして顔を上げると、嬉しそうに朗らかな笑顔を彼らに向ける。

「でも、待っている方がいるんです。私、行かなきゃならないんです」

そう彼らに告げると、再び花に彩られた雪の中の小道を歩いていく。

村人たちはその後ろ姿をただ見送ることしかできなかった。

「やっぱりあの人は、山神様の奥方なんじゃ。ほら、見てみぃ。山が、あんなにあの人の帰りを待ちわびていなさる」

弥助が山を指さす。人々の口から「あ」という驚きの声が漏れた。

いつの間にか、山神様が住むという山の雪がすべて消え、まだ一月だというのに山がうっすらと白桃色に色づいていたのだ。あれは、本当なら春にならないと咲かない山桜の色だった。

神の御業としか思えない山の様子を見て、誰ともなく村人たちはお山に向かって手を合わせる。

弥助は絹子の姿が小さくなって見えなくなった後も、惚《ほう》けたように山道の続く先を見つめていた。

「ほんま、美しい人じゃった……」

山は翌日には再び深く雪に覆われたいつもの姿に戻っていた。

やはりあの奇跡の景色は、山神様が奥方の戻りを歓迎してのことだったのだと村人たちは噂し、その話はやがて土地の民話としてのちの世まで伝えられたのだという。


一方、真冬だというのにすっかり春めいた山道をひとり登っていった絹子はというと、急いで登ったものだからすっかり息が上がっていた。

それでも気持ちが急いて仕方がない。足がどんどん前へ出て、山道を歩き続ける。

前にこの山を登ったときは、白無垢姿だったっけ。

(あなたのお嫁さんになるっていうのに、あのとき、私は今にも死んでしまいそうなくらい落ち込んでたのよね)

この先に待つのは、真っ暗などん底の未来だけだと信じ切っていたあの頃。

(でも、今はこの山道を一歩一歩、あなたに近づけるのが嬉しくてたまらない)

息を弾ませて山の中腹まで登りきると、滝のそばにあばら屋が見えた。

それを見た瞬間、疲れも足の痛みも消えてしまったかのように絹子は滝へと駆け寄る。

滝まで来ると、滝つぼに飛び石のように突き出た石へと跳び移っていく。

しかし、気持ちが急いていたのだろう。両足がちゃんと着地する前に次の一歩を出そうとして跳び方が足りず、足を滑らせて滝つぼの中に落ちそうになった。

「あっ!」

真冬の冷たい水の中に落ちることを覚悟して身を固くしそうになったが、その前に誰かに強く手を引かれた。

そのおかげで冷たい水に落ちることなく、代わりに温かな腕が絹子の身体を背中から抱きとめる。ふわりと香る、甘い花のような香り。

「おかえり。待っていたよ」

その声はずっと聞きたくてやまなかった声だった。

回された腕に力強く包まれる絹子の身体。

絹子はその腕に自分の手を重ねて、こくりと大きく頷いた。

その拍子に安堵と嬉しさでほろりと涙が一粒こぼれたが、すぐに嬉しさが顔に滲み出る。

笑顔とともに振り返ると、そこにずっと会いたかった人……いや、神様の姿があった。

彼は、絹子が山神様の嫁になるために白装束を着てお山へやってきたときと同じ、着物姿だった。

「加々見様。私も……私も、お会いしとうございました」

加々見は柔らかく目元を細めると、ぎゅっと強く絹子を抱きしめる。

「君のいない屋敷は、寂しくてかなわない。まるで灯が消えたかのようだった。君が来るまでそんなこと考えたこともなかったのにな」

「加々見様……」

そんなに切なそうな瞳で見つめられたら、それ以上返せそうな言葉は見つからなかった。

顔が近づいてくる気配に、意を決して目を閉じる。

どきどきしてそのときを待つ絹子だったけど、次の瞬間、絹子の左手首にあったブレスレットがぽんと変化して、もこもこした白狸の姿に戻ったため、思わず加々見とふたりで琳次郎を抱き支える格好になった。

「琳次郎ー。それはないだろう？」

加々見がいつになくむすっとして言うものの、琳次郎は自分がなにをしたのかわかっていないようで、にぱっと元気に笑う。

「絹子しゃま、やっとお山に帰ってこられてよかった！　加々見しゃま！　僕、絹子しゃまちゃんとお守りしてたよ！」

加々見と絹子は目を合わせると、加々見は仕方ないなと言わんばかりに苦笑を浮かべ、絹子はそんなふたりのやりとりが微笑ましくて、くすりと笑みをこぼした。

「ああ。ちゃんとここまで導いてくれたな。礼を言う」

「えへへ。褒められちゃった」

そして琳次郎はくるんと一回転して器用に岩場の上に降りると、ぴょんぴょんと岩の上を渡って滝の中へと消えていく。

「兄ちゃ！　兄ちゃ！　僕、加々見しゃまに褒められたよ！」

そんな声が滝の向こうから聞こえてくる。

もう一度、絹子は加々見と見つめ合うと微笑み合った。

ようやく帰ってきたのだ。恋しかったこの場所へ。

恋し焦がれていた、彼のもとへ。

加々見が差し出した手に、絹子はそっと手を重ねると、互いに握り合って滝の向こうへと渡る。滝の裏にある洞窟を少し進めば、突然目の前が開けた。

それと同時に、

「「奥様、おかえりなさいませ！」」

茜と古太郎、それに屋敷で働くあやかしたちが絹子のことを迎えてくれた。

喜びを全身で表して迎えてくれる茜とは対照的に、古太郎は不愛想な固い表情だったけれど、その肩には白狸姿の琳次郎がにこにこしながら前脚でひっかかるようにして乗っかっているので、どことなくユーモラスですらある。

屋敷のみんなに温かく迎えられて、絹子はようやく本当の家に帰ってきたような安堵を感じていた。

「大変だっただろう。絹子」

手を引かれたまま池にかかる橋を渡っていると、加々見が問うてくる。

少し思案してから、絹子はゆるゆると頭を振った。

「初めは少しだけ。でも、加々見様がいらっしゃっていたと琳次郎ちゃんに教えてもらってからは、なんだかいつも加々見様がおそばについていてくださっているような気がして、心が強く持てました」

「琳次郎には、私の気配が伝わってしまうからな。言わないように念を押してあったんだが……」

どこか気恥ずかしそうにする加々見に、絹子はくすりと笑みをこぼす。

「堂々といらっしゃってもよかったですのに」

「いや、それはまだいろいろと差し障りがあるからな」

そういえば、妹の美知華は加々見にずいぶん熱を上げている様子だった。もし彼が三笠の家を客として訪れるなんてことになったら、大変な騒ぎになったことだろう。

と、そこにすかさず古太郎の肩に乗ったままの琳次郎が口を挟む。

「でも、加々見しゃま、ほとんど毎日来てたよ！　すっごく心配そうに絹子しゃまのこと見てた！」

「ば、ばかっ。言うんじゃない」

慌てる加々見と、なんでそんなに慌てるのかと不思議そうにしている琳次郎を見ていると、おかしくて笑ってしまう絹子だった。

楽しそうにしている絹子を見て、加々見も嘆息を漏らす。

「まあ、いい。君が無事に帰ってきてくれたんだからそれがなによりだ。君の家族は、こんなことを言ったら悪いがなにをしでかすかわかったもんじゃないからな」

その言葉で、絹子は父・茂の言葉を思い出してはっと加々見の顔を見上げる。

「ん？　どうした？」

「あの、加々見様っ。この前、父が言っていたのですが……」

そこで茂から聞いた山の売却の話をしたところ、加々見は絹子の肩を優しく抱いて耳元に口を寄せる。まるで内緒話をするかのように。

「心配するな。すべては私の予定通りだ」

「予定、通り……ですか？」

　きょとんと見上げる絹子に、加々見は悪戯《いたずら》を仕掛けた子供のような含み笑いを返してくる。

「なに、そのうちすべてわかるさ。楽しみにしてるといい。そんなことより今週末には大事な用事があるんだ。一緒に来てくれないか」

「どこへですか？」

　問う絹子の声に、加々見はにここと上機嫌に笑う。

「舞踏会さ。君が今まで身につけた技術を披露してほしい。できるだろ？」

　絹子はこくこく頷いた。自信があるかというと、そんなものはちっともないのだけど。

　でも、舞踏会となると加々見のパートナーとして出席することになるだろう。そんな場所で失敗をして、彼の顔に泥を塗るわけにはいかない。

　これは今まで身につけたものをもう一度おさらいしてみなければ。できればシルフ先生と一緒に確認したいのだけど、ご予定は空いてるかしら、なんて考えながら自室に戻ると、ちょうど呉服店で特注していたドレスが届いたところだった。

あちこちに箱が広げられて、女中たちが箱の中のドレスを手に取ってみせてくれる。色とりどりの美しいドレスの数々にめまいがしそうだった。

その中から、

「今回は社交界デビューだからな。これがいいんじゃないか？」

と加々見が選んでくれたのは、白い艶やかな生地に薄桃色の布を幾重にも重ねた、バッスルドレスと呼ばれる華やかな夜会用のドレスだった。

そして迎えた、舞踏会の日。

「さあ！　始めますよ！」

今日の茜たちは、いつも以上に気合いが入りまくっていた。

いや、気合いなら絹子が屋敷に戻った日から入りっぱなしで、絹子の全身を今まで以上に磨き上げてくれた。今日はその意気込みが高まりっぱなしなのだ。

まずレースがふんだんに縫い込まれたシュミーズを着せられ、その上にふたりがかりでコルセットを締められる。

コルセットは少し苦しいけれど、着物の帯のように背中を支えられて、シャンと背筋が伸びる気がした。

その上にバッスルドレスを着れば、それだけでもうパッと場が華やぐような豪華さがある。

ドレスを着たあとは化粧を施され、丁寧に梳かれた髪には銀の髪飾りがつけられた。髪飾りは、ルビーやサファイヤといった大粒の宝石を使った贅《ぜい》を尽くしたものだ。

そして、首には二連のネックレス。こちらには惜しみなくダイヤがちりばめられている。

(あ、これ……!)

あの呉服店の硝子ケースの中で見た記憶がある。あのあと、加々見が買ったのだろう。

(あのときは、こんなに豪華なアクセサリーを誰が身につけるのかしらなんて他人事のように考えていたのに、まさか自分の胸元を飾ることになるだなんて)

すべての支度を終えると、茜が自信たっぷりに言う。

「奥様、ごらんくださいな」

鏡に映るのは、まるでどこかのお姫様かと思うほど煌びやかで美しい女性へと変貌をとげた絹子の姿だった。

しかも、この半年に及ぶ数々のレッスンで身につけた気品が、そのたたずまいからも滲み出ている。すっと背筋を伸ばして立つ姿は、数か月前までの始終俯いてばかりいた少女とはまるで別人のようだ。

「加々見様をお呼びしましょうか」

「あ、ちょっと待って」

絹子は鏡台の引き出しを開けると、そこからひとつの布包みを取り出す。中身は、母の形見である簪だった。

「これもつけられないかしら」

絹子が頼むと、茜は快く引き受けてくれた。

「ほら、できました。いっそう可憐に美しくならはりました」

合わせ鏡で確かめると、銀の髪飾りと合わさってより上品な可愛らしさが艶やかな髪を彩っていた。

初めての舞踏会を母が見守ってくれているような気がして、急に心強くなる。

ほどなくして、燕尾《えんび》服に身を包んだ加々見が絹子を迎えに来た。

彼は絹子のドレス姿に目をとめると、しばし見惚れるように瞬きしてから上品に微笑んだ。

「さあ、行こうか。私のレディ」

彼は絹子の手を取り、恭しく膝を折る。

絹子も片膝を下げて優雅にお辞儀を返せば、目が合った瞬間どちらともなく笑みがこぼれた。

昔、蝶子や美知華が楽しげにおしゃれして出かけていくのをただ見送るしかできなかった舞踏会。その場に、こんな素敵な相手と一緒に参加できるなんて、夢のようだ。緊張する反面、胸が躍った。

「それで、どこの舞踏会にいらっしゃるんですか？」

「舞踏会といえば、決まってるじゃないか。華族会館だよ。今日は実業家、神内加々見として招待を受けたんだ」

加々見はにこりと微笑む。

屋敷の前には黒塗りの立派な馬車が用意されていた。

加々見のエスコートで馬車に乗ると、すぐに馬車は動き始める。

橋を越えたら、いつの間にか馬車は現世の車道をコツコツと小気味よい脚音を響かせながら走っていた。

車窓にはやがて皇居のお堀が見えてくる。華族会館までもうすぐだ。

外の景色を眺めていた絹子の耳に、隣に座る加々見の意外な言葉が聞こえてきた。

「今日の舞踏会には君の家族も招待されているはずだ。そこで君の家族には私の正体を知らせようと思う」

その言葉に驚いて、絹子は目を瞬かせた。人間の神内加々見と、山神様が同一人物だということは知られてはいけないのではなかったのか。そう思って、

「よろしいんですか？」

と尋ねると、加々見は絹子の手を取り、包み込むように握った。

「君が神内加々見のパートナーである以上、これからどんどん社交界に出ていかざるを得ない。君は社交界の注目の的になっていくだろう。そうなれば、君の出自を調べようとする者も出てくるはずだ。君の家族も遅かれ早かれ、私のパートナーが三笠の家から山神に嫁いだはずの絹子だと気づいてしまうだろうからな。その前に先手を打って、釘を刺しておきたいんだ」

釘を刺すということが具体的にどういうことなのか絹子にはわからなかったが、社交の場に出れば必然的に実家の家族とも顔を合わせる機会が増えるということに思い至って、舞踏会を前に高揚していた気持ちがしゅんと沈みそうになる。

けれどそれも一瞬で、握られた彼の手の温かさが絹子の心を支えてくれる。

こくりと絹子が頷くと、加々見も優しく微笑み返した。

「心配することはない。もう準備は整った」


白亜の壁に黒い屋根を持つ二階建ての洋風建築、鹿鳴館。

明治政府の威信をかけて多額の費用を投入して造られた、贅を凝らしたこの建物は文明開化の象徴であり、また外交の最前線でもあった。

かつては各国の大使や使節団が来るたびに舞踏会が開かれていたというが、その後払い下げられて、現在は華族会館と名を変えて華族たちの社交の場となっていた。

今宵もダンスフロアには、美しく着飾ったドレス姿の女性たちと、流行の燕尾服に身を包んだ男性たちが集っていた。

しかし、今夜はいつもと少し雰囲気を異にしている。主に若い女性たちがそわそわと落ち着かない様子なのだ。

三笠家の跡取りとしてこの場に参加している美知華も、ほかの女性たちと同じような気持ちでいた。

「お母様。あの方は、本当にいらっしゃるのかしら」

そばにいる蝶子にすがるような声をかける。

蝶子は扇子で口元を隠しながら、ひそひそと美知華に耳打ちをした。

「しっかりなさい。一番上等なドレスを着てきたじゃないの。今日のあなたはここに集まる誰よりも美しいわ」

「そ、そうよね……うん。そうに違いないわ」

美知華は母の言葉を噛みしめる。

今日の舞踏会には、日頃めったに公式の場に姿を現すことのない青年実業家が参加するという噂がたっていた。彼のその美しい容姿とたたずまいにより、一目見た者は老若男女かかわらず誰もが魅了されるという。そのうえ、深い教養と経験で海外との貿易に次々と成功し、まだ年若いというのに莫大な富を築いているのだ。

その青年実業家の名前は、神内加々見。

(もしその人に見初められることができれば……)

もう一生、いいえ、末代までもなにも困ることのない生活が約束されるはずだ。

金と、名誉と、美しい旦那様。これほどまでに欲をくすぐる存在があるだろうか。

ここにいる年頃の女性誰もが、その栄光を手に入れようと色めきだっていた。

そのとき、ダンスフロアの入り口が開き、わぁああという大きな歓声があがる。

(ついに、いらっしゃったんだわ)

美知華は彼にご挨拶をしようと、人の間をかき分けて前に出た。

しかし、こちらへと歩いてくる彼を見た瞬間、驚きのあまり足が止まる。

多くの取り巻きを引き連れてダンスフロアに入ってきたその男性が、噂の神内加々見だということはすぐにわかった。雰囲気というか、まとうオーラがほかの者たちとはまるで違っている。王者の風格というものが存在するのなら、まさにこのことを言うのだろう。

しかし美知華が足を止めたのは、彼のオーラに圧倒されたからばかりではない。

彼が傍らに、とても可愛らしい女性を連れていたからだ。

可憐で、美しさと気品を兼ね備えた彼女。

神内と腕を組んでゆったりと歩いてくる様は、まるで一枚の西洋絵画のようだった。

彼らが会場に入るとすぐに、それまでゆったりとしたクラシックを流していた楽団が軽やかなワルツを演奏し始める。それを合図にダンスフロアの中心に人々が集まってきて、あちらこちらでダンスが始まった。

相手のいない美知華はただ見ているしかできずにいる。

ダンスを踊っている人々の中でも、ひと際目を引いたのは神内たちだ。

他を圧倒するほどの美しく優雅なダンスは、誰もが感嘆のため息を漏らすほど。踊っていた者たちですら一組、また一組と踊るのをやめて、神内たちの完璧なダンスに見惚れていた。

（あんなのに、敵うはずがないじゃない……！）

美知華は圧倒的な敗北感に打ちひしがれていた。

どうひいき目に見たって、その美貌も、立ち居振る舞いも、ダンスも、ドレスの着こなしさえも……神内の隣で微笑む可憐な彼女に敵うところはなにひとつなかった。

蝶子ですらこれは敵わないと思ったのか「ほかにもいい男性《ひと》はいるわよ」なんて慰めの言葉を口にしだす。それがなおさら、惨めだった。

何曲かのダンスが終わると、再びゆったりとしたクラシックが奏でられ始めて、場は自然と歓談の雰囲気になる。

もう今日は帰ろうか。

こうも圧倒的な差を見せつけられると、この場にいることすら苦痛に感じた。舞踏会に来て、ここまで屈辱的な思いに打ちひしがれたのは初めてだった。

「お母様。今日はもう帰りませんこと？　私なんだか気分が悪くて……」

「え？　あ、そうね。それがいいかもしれないわね」

そそくさとその場からふたりが立ち去ろうとしたそのときだった。

「あら？」

誰かから声をかけられる。振り向くと噂の神内と、あの淑女がこちらにやってくるところだった。

「ごきげんよう。お継母《かあ》様。美知華さん」

優雅に足を折って挨拶をする淑女。

（なぜ、私の名前を知っているの？）

混乱する頭の中で、美知華はまじまじと彼女の顔を眺める。数秒遅れて、美知華は目を大きく見開いた。

隣では蝶子が口をあんぐり開けて、ぱくぱくさせている。

「き、絹子……!?」

蝶子が悲鳴のような声をあげた。

一年近く前に山奥にひとり嫁いだ姉の絹子。たしかによく見ると、目元や顔立ちは絹子そのものだ。

しかし、あのいつも俯いて暗くて愚鈍だった姉の姿と、目の前の堂々とした美しい淑女が同じ人物だとはどうしても頭の中でつながらない。いや、同一人物だと考えることを拒否していた。

しかし、そんな美知華たちの戸惑いと驚きをよそに、絹子は幸せそのものといった表情で微笑むと、隣に立つ神内を紹介する。

「夫の加々見です」

紹介されて、神内も恭しくふたりに挨拶をした。

「どうぞ、よろしく。婚礼の儀の際は同席できずに申し訳ありませんでした。ああ、私が山神だということはご内密にお願いしますね。言ったところで、誰もそんな世迷い事、信じはしないでしょうけれど」

そう言って、加々見は一瞬不敵な笑みを浮かべる。

「そ、そんな……」

それ以上、美知華は言葉を発することもできず、ただ幸せそうに微笑み合う目の前のふたりを信じられない気持ちで眺めることしかできなかった。

隣でガタガタと物音がしたのでなんとかそちらに首を向けると、あまりの衝撃に蝶子がへなへなと床に座り込んだところだった。

そのあと、腰が立たなくなった蝶子は数人がかりで抱きかかえられて、救護室へと連れていかれる。

付き添う美知華は去り際、幸せそうな絹子たちを暗い瞳で睨みつけていた。


ひとしきりダンスを楽しんだ絹子たちは、フロアの隅で飲み物のグラスを受け取り一息つく。

ワインを片手に休憩する間ですら、加々見はたくさんの人々に囲まれていた。彼と挨拶をし、少しでも親交を深めてようと集まってくるのだ。

その横で静かに微笑む絹子にも、多くの人たちの羨望の目が向けられた。

何曲も踊って、夜会も終わりに近づいた頃、

「初めての舞踏会デビューで疲れたろう。早めに帰ろうか。終わるギリギリになると馬車待ちの列で混むからね」

という加々見の提案を受けて、ふたりで一足先に帰ることにした。

ダンスフロアを抜けて、深紅の絨毯《じゅうたん》の敷かれた大階段を下り、出口へと向かっていたときのことだった。

「お待ちください！　神内様！」

男の声に呼び止められて足を止め振り向けば、茂が転がるように階段を下りてくるところだった。

「なんでしょうか。三笠さん」

加々見の声は普段絹子に語りかけるときの優しい調子は影をひそめ、ぞっとするほど素っ気ない。

茂は加々見のもとへと走り寄ると、燕尾服にシワがつくのもお構いなしに両膝を床について深く土下座した。

「神内様！　あなた様が山神様とはつゆ知らず、あの山を売ってしまったこと誠に申し訳ございませんっ!!」

しかし、そんな茂を加々見は冷たい光を帯びた金の瞳で見下ろす。

加々見が軽く指を鳴らすと、周りの景色が一瞬で墨に塗りつぶされたような黒一色へと変わった。

さっきまで華族会館の玄関ホールにいたはずなのに、床も壁も天井も大階段すら消えている。玄関ホールにいたほかの人たちの姿も見えない。この場にいるのは加々見と絹子、それに茂の三人だけだった。

周りは真っ黒なのに暗さはなく、床に頭をすりつけたままの茂の姿もよく見える。

「構いはしないよ。あの山を買ったのは、私の持っている会社のひとつだ」

抑揚の薄い、冷たい声で加々見は言う。

「……と、ということはっ」

茂が跳ねるように顔を上げた。加々見の言葉になにか希望を見出したのだろうか。しかし、その期待はすぐに打ち砕かれる。

「私はね。カマをかけたのだよ。君たちが誘いを断り、山を守っていくつもりがあるのなら、これからも加護を与えるつもりだった。しかし君たちはあんなはした金で簡単にあの山を売ってしまった。しかも、私の大事な花嫁までも売ったんだ。それがどういう意味かわかるか？」

「ひっ……申し訳ございませんっ!!　それでしたら、あの山はこれからも我が三笠家が代々大事にいたしますからっ」

「もう遅い。あの山は、法律上も私の所有物になっているんだ。今さら、ほかの者に渡す気はない」

そして、加々見は絹子を見る。そのときだけわずかに目元が緩んだ。

「私はね。明治に入って土地所有権が明確になりだした頃から、あの山辺りの一帯の土地を人間の好き勝手にされないようにと、所有権を得ることにしたんだ。事業を始めたのだって、もとをただせばその資金集めのためだった」

「そう、だったんですか……」

あの山はもう正式に加々見の所有物になったのだという。それなら二度と、他人に好き勝手されることはないだろう。そのことに、絹子は深い安堵を覚えていた。

加々見は再び金色の瞳を茂に向ける。

「お前らは一体、なにを相手にし、なにを粗末にしようとしたのか。わかっているのか」

怒りを滲ませた加々見が唸るような声で言った途端、彼の身体が金色の光に包まれた。その光はぶわっと大きくなる。

しかし、絹子がまぶしさに目をしばたかせている間に、ふっと光は消えた。

代わりに、そこには全長数十メートルはありそうな巨大な龍がいた。

黄金の鱗に覆われ、タテガミや髭は白銀の、神々しく輝く美しい龍。

絹子はそれが、山神である加々見の本当の姿なのだとすぐに理解した。理解はしたけれど、不思議と怖さはなかった。こちらにちらりと顔を向けたその金色の瞳が、人の姿をしている加々見と同じ優しさを湛えていたからだ。

絹子は龍にそっと撫でるように右手で触れ、小さく微笑み返した。

それに、龍も目を細めて応えてくれる。

龍は再び茂に視線を戻すと、地響きを起こすほどの大きく低い声で告げた。

「神を軽んじ、出し抜こうとした罪は重い。今後、お前たちへの加護は一切をはく奪する。もう二度と絹子の前に姿を現すことも許さん。もし破ったならお前たちには末代までの祟りが及ぶだろう」

茂は「ひっ……」と今にも気絶しそうなほど顔を青くさせ、傍目に見てもわかるほど震えていた。

「よいな。わかったら、私の前から失せろっ！」

「ひ、ひぃぃぃぃぃぃぃ!!」

腰が抜けたようにあわあわとしながらも、茂は四つん這いになってほうほうの体《てい》で逃げ出した。

茂が去ったあと、龍は再び光に包まれる。今度はさっきとは逆に光がどんどん小さくなって、ついに人ひとりほどの大きさとなった。光が消えると、そこには人の姿をした加々見が立っていた。

気がつけば、墨に塗りつぶされたようになっていた周りの景色も、もとの華族会館の玄関ホールに戻っている。

「……怖かったかい？」

加々見の金色の瞳がわずかに揺れる。龍の姿を見せたことで、絹子に怖がられるんじゃないかと不安に感じているようだ。

絹子はゆるゆると首を横に振って、彼の腕に自分の腕を通す。

自分から彼に触れたのは、それが初めてのことだった。

「旦那様。屋敷へ戻りましょう」

朗らかに絹子が言えば、彼の表情も明るくなる。

「ああ、帰ろう」

嬉しそうに言う彼は、もういつもの彼だった。

加々見とともに玄関から外に出れば、ちょうど目の前に馬車が待っていた。

ふたりが乗り込むと馬車は走り出す。

加々見と向かい合わせに座った絹子だったが、馬車が華族会館を離れるにつれてどっと疲れに襲われる。

慣れないドレスに、慣れない靴。気の利いた言葉に、たくさんの人々。なにもかも慣れない尽くしで疲れるのは仕方あるまい。でも、一番疲れた原因は、やはり家族に会ったことだろう。

さっきの茂と加々見のやりとりが何度も頭の中をよぎる。

ああなってしまった以上、三笠家はそう遠からず没落していくのだろう。

そうなると、贅沢三昧の生活を捨てられない彼らが悪あがきになにかしてくるのではないかと少し心配になってくる。

別れ際に見た、恨みのこもった美知華の目が不気味に脳裏に焼きついていた。

窓の外を眺めたまま口数が少ない絹子を心配して、加々見が声をかけてくる。

「どうした……？　酔いでもしたのか？」

絹子は加々見に視線を移すと、目を伏せて首を横に振った。

「私はあなた様のそばにいてもいいのでしょうか。私だって三笠の人間なのに」

「なにを言う。君は私のお嫁さんじゃないか」

「そうですが……」

「それに、あの家にはもう本来の三笠の血筋の者はいない。ただ家名として残っているだけだ。だからもう、あの家から巫女が生まれることもない」

加々見は冷たく言い放つ。

たしかに言われてみれば、父、茂は養子。蝶子は後妻で、美知華はふたりの子だから、三笠の直系の血を引く者は絹子しかいないのだ。

加々見はじっと絹子の顔を見つめると、安心させるようにぽんぽんと絹子の頭を優しく叩いた。

「君がこれから作っていく血筋が、本当の三笠の血筋だ。神々に愛され、人と神をつなぐ者として尊ばれる存在になっていくんだ」

「しかも私の血が混じればさらに神と近しい存在になるのだから」と加々見は愛しげ

に目を細める。

本当なら嬉しいはずの言葉だが、絹子の心にはそれを素直に受け取れないもやもやがあった。

加々見が自分によくしてくれるのは、たまたま自分が巫女の力を持って生まれてきたからであり、たまたま三笠家の血筋だったからだ。その考えが頭の片隅にへばりついていて離れない。

浮かない顔の絹子へ、加々見はさらに言葉を重ねた。

「……私は君だからこそ、妻にしようと思ったのだよ」

「私だから、ですか？」

彼は絹子の目を見てこくりと大きく頷く。

「君は覚えていないだろうが、私は君を子供の頃に一度見かけたことがあるんだ」

「……え？」

「十歳かそこらだったか。一度、山に来たことがあっただろう」

「あ……」

たしかに覚えがあった。祖父の年忌法要で別邸に行ったときのことだ。暇だとぐずる美知華の気分転換にとお山へ出かけたのだ。

「あの山にはときどき無断で猟師が入り込み、罠《わな》などしかけていくことがある。その日も私が使役している狸が一匹、罠にかかってしまってね。私はその罠を取り外しに行ったんだ」

　しかし、罠の近くまで来たとき、加々見は人の気配を感じて身を隠したのだという。

「ふたりの子供とお供の大人がいたっけか。彼らは草むらで罠にかかって動けなくなっていた狸を見つけたが、すぐに興味をなくして別のところへ行ってしまった。でもそのあと、ひとりの少女が戻ってきたんだ。彼女は一生懸命に手を傷だらけにして、なんとか罠を外してくれた。そのうえ自分の着物の裾を割いて包帯を作ると、狸のケガした足に巻いてくれたんだ。その一部始終を見ていた私は、なんと心優しい娘だろうと思ったものだよ」

　加々見は懐かしそうに目を細める。

「あの頃、私はあちこちで見聞きする人間たちの所業にうんざりしていた。もう人間のことは見捨てて、幽世にあやかしたちとともに閉じこもってしまった方がいいんじゃないかとすら考え始めていたんだ。でも、その少女の行いを見て、考え直した。もう一度、人間たちを信じてみようと思い直したんだ」

　車窓から見えていたレンガの建物たちが消え、いつしか森の中を馬車は走っている。屋敷のある幽世に戻ってきたのだ。

「ちなみにそのとき君に助けてもらったのが、琳次郎だ。まだその頃は普通の狸の毛並みをしてたがな」

「……え。え？」

嫁いで来る前に山へ行ったのはその一回きり。だから、罠にかかっていた狸を助けたことは今もよく覚えている。狸の脚に罠が食い込んで痛々しく、放っておけなかったのだ。罠がなかなか開いてくれず、試行錯誤しているうちに自分の手まで傷つけてしまって、そのときの傷は今も手のひらにうっすらと残っている。

でも、絹子が助けた狸は普通の毛色をした、普通の狸だった。そのため、白い毛並みで元気におしゃべりをする琳次郎とは今まで絹子の頭の中で結びついていなかったのだ。

「あのときの狸が、琳次郎ちゃんだったんですね……」

そういえば琳次郎と実家の井戸端で初めて話したときにも、琳次郎は昔、絹子に助けられたからお礼が言いたいと言っていたっけ。

「ああ。だから君が私の屋敷に来ると知って、琳次郎は真っ先に手伝いたいと手を挙げたんだ。いつも庭先から君を見守っているようだよ」

そういえば、庭先でよくトンボを追いかけたり、お腹を出して気持ちよさそうにお昼寝している姿を見かける。どの姿も微笑ましくて、つい口元に笑みがこぼれた。

加々見は手を伸ばして絹子の頬に優しく触れる。

「それから数年が経って、白無垢姿の花嫁がやってきた。私は初め、婚礼の儀が終わってひとりになったら、その哀れな娘をどこかへ逃がしてやろうと考えていたんだ。だから、様子をうかがうために雀の目を借りて婚礼の儀を見ていた」

雀という言葉に、絹子ははっと目を瞬かせる。婚礼の儀の最中に絹子は雀を見た記憶があった。白く小さな雀で、その可愛らしい姿に荒みきっていた心がほんの少しやわらいだのを今もよく覚えている。

「あの白い雀が……加々見様の……？」

「そうだよ。君と目が合って、すぐにわかった。あのときの心優しい少女がこんなに大きくなっていたんだと。目が合った瞬間、君を誰にも渡したくない……欲しいと思った」

加々見はそう言うと絹子の右手を取ってまっすぐ絹子を見つめた。

「順番が逆になってしまったけれど、絹子。私と夫婦《めおと》になってはくれないか。生涯君を大切にする。もし君が孤独を抱えているのなら、その孤独を埋めさせてほしい」

真剣なその表情。

絹子は涙で滲んでしまいそうになるのをなんとかこらえて、笑みを作った。

小さく頷くと、ぽろりと雫が頬を伝う。

もう泣かないって決めていたのに。強固なはずだった感情の壁を、彼は容易に超えてくる。すっと絹子の心に入り込んで温めてくれる。それは、今も。

「はい。私もそう願っています」

絹子は心の底からそう答えた。

だってもう、絹子の心はすでに彼のことでいっぱいになっているのだから。

「ありがとう」

感極まった加々見に抱き寄せられる。その大きな背中に絹子も手を回した。

お互いの存在を確かめるように抱き合うと、幸せな気持ちに満たされる。

心の深いところの隅に今も、彼がかつて愛したというおギンさんのことが棘のように刺さっていたけれど、今だけは彼の心まで独り占めしているのだと信じていたかった。

こんな時間が一生続けばいいのに――と絹子は心の中でひそやかに願うのだった。

第四章　大切なもの

舞踏会が終われば、加々見の屋敷は一気に慌ただしくなった。

なんでも旧正月の準備をしているのだそうだ。

年末年始を実家で過ごして戻ってきたと思ったら、再びお正月の準備をしているのだから絹子はわけがわからなかったが、

「正月といえば本来、春を間近にしたこの時期なんです。今の新正月は早すぎますわ」

と茜が言うのに、ほかの女中たちもみな頷いていた。

我が国の暦《こよみ》が旧暦である太陰暦から、新暦である太陽暦に変わったのは明治六年からだと前にぬらりひょん先生に教えてもらったことを思い出す。

絹子は物心がついたときから新暦での生活習慣に慣れていたため、なんの違和感も覚えずその中で暮らしてきた。でも人間より長命の者が多いあやかしたちには、いまだ新暦に馴染めず、旧暦を使い続けている者も多いのだという。そんな彼らにとっては、旧暦の正月こそが本当の正月なのだろう。

実家では裏で手伝いばかりしていたため、ゆっくり正月を楽しむことなどなかった。だから、この屋敷で迎える旧正月が絹子も密かに楽しみだった。

とはいえ、なにか手伝おうとしても「奥様にそんなことさせるわけにはいきません」と断られてしまって、今日も朝から絹子は手持ち無沙汰にしていた。

加々見は山神としての仕事と、人間の神内加々見として会社を切り盛りする仕事が

あるため、日中は屋敷にいないことも多い。

そのうえ、旧正月だからとぬらりひょん先生たちも休暇をとって故郷へ帰っているし、シルフ先生は日本に住む海外出身のあやかしたちとの集まりに出かけてしまった。

そんなわけで旧正月が終わるまでは淑女のレッスンもお休みなのだ。

(私だけこんなに暇にしていていいのかしら……。なにか加々見様やみんなのためにできることがあればいいのだけれど)

自室で読む本を選ぶために加々見の書斎を訪れていた絹子は書棚に並ぶ本の背表紙を眺めながら、そう思いにふけっていた。

すると、コンコンと扉がノックされる音が聞こえる。

「はい。どうぞ」

絹子が答えると、「失礼します」という声とともに顔を覗かせたのは女中の茜だった。

「あ、奥様！　やっぱりこちらにいてはったんですね！」

「ええ。今日読む本を選ぼうと思って……」

「これから、正月準備のために餅《もち》つきをするんです。奥様も一緒にいかがですか？つきたての餅は、そりゃもう美味しいんですよ」

「そうね……」

どうしようか迷っていたら、茜は腕に抱えていたコートを絹子の肩にかけて手を引く。

「行きましょう！　奥様！」

「わ、っちょ、ちょっと待って！」

茜に引っ張られて廊下を通り過ぎ、座敷を抜けると、広い縁側の外で賑やかに餅つきが行われていた。

この屋敷では三十人ほどのあやかしが働いている。茜のような女中のほかに、掃除係や厨房係、庭師や馬車の御者などで、みな屋敷と同じ敷地内にある寮で暮らしていた。寮といっても古太郎のように役職のある者は一軒家に住んでいるし、茜の部屋も個室で十分な広さがあり、三笠家の使用人たちの相部屋とはまったく趣《おもむき》は違う。

庭には、屋敷で働くあやかしたちのほとんど集まっているようで、わいわいと活気に満ちていた。

彼らは茜に連れられてやってきた絹子を見るや、手を止めて一同にお辞儀をする。

「今、つきたてのお餅をお持ちしますね」

縁側で絹子の手を離すと、茜は踏み石に置いてあった草履に足をつっかけて庭へと下りていく。

「あ、待って」

踏み石には誰かが持ってきてくれていたのか絹子のものらしき草履もあった。絹子はそれに足を入れると、茜を追いかける。

「私も手伝うわ。まだみんな食べていないのに、私だけ食べるのは悪いもの」

「そうですか……？」

茜はそんなことないのに、という顔をしていたが、絹子は腕をまくる。

庭には五台の外用カマドが並んでおり、蒸気が立ちのぼっていた。

あやかしたちは、カマドで餅米を蒸す係、その餅を杵と臼でつく係、ついた餅を丸める係と、餡子《あんこ》餅や大きな鏡餅を作ったりする加工係、そして丸めた餅を木箱に並べる係に分かれて作業をしているようだ。

絹子は餅を丸める係に入れてもらった。

手に餅とり粉をまぶして、つきあがったばかりの餅を手でちょうどいい大きさにちぎり取る。つきたての餅はまだ温かく、ふわふわと真綿のように柔らかかった。

ぺったんぺったん餅をつく音と掛け声が響く中、どんどん餅を丸めていく。

冬のキンと冷えた寒さの中にあっても、ここだけは熱気に満ちていた。

みんなで手を動かして、作業に精を出すのは楽しい。

そして、できあがったばかりの餅をみんなで試食する。きな粉餅に、しょうゆ大根をまぶしたからみ餅や餡子餅。絹子は縁側に座って試食させてもらったのだけれど、どれもつきたての柔らかな餅がよく絡んで、とても美味しかった。餅なら幾度も食べたことがあるはずなのに、今まで食べたものとは比べ物にならないほどだった。

つきあがった餅は木箱に収められ、木箱は何箱も積み上がっていく。

「こんなにたくさんついたのね」

きな粉餅を食べながら、山のようになった木箱を驚きの目で見つめる絹子に、

「ええ。これでも、雑煮にしたり焼いたりと食べていくとすぐなくなっちゃうんで、冬の間に何度かこうやってみんなでつくんですよ」

つきたてでどこまでも伸びる餅を噛み切るのに苦労していた茜が、ごくんと飲み込んで答える。

「そうなのね」

「といっても、私は京都《きょうと》出身なんで、雑煮は丸餅に白味噌しか認めませんがね」

なんて言って、茜はくったくなく笑う。

その隣で、

「雑煮といえば、醤油仕立てと決まっているでしょう。そして、餅だけ取り出して、クルミだれにつけて食べるのが絶品です」

そう眼鏡を光らせて語るのは古太郎だった。彼だけは餅を食べてはいなかったが、縁側に座る琳次郎へ箸で器用にちぎったきな粉餅を食べさせている。そうしないと、

顔の周りがきな粉だらけになってしまうのだろう。

「兄ちゃ、兄ちゃ。クルミだれって、なぁに？　うまいのか？」

目をくるくるさせて尋ねる弟分に、古太郎は得意げに言う。

「すったクルミに砂糖や醤油、味噌などを練り込んで作るんだ。いつか私の地元にともに帰ることがあったら食べさせてやるよ」

「わぁい、やった。約束だよ、兄ちゃ！」

ふたりが楽しげに話している姿を見るのはなんだか微笑ましくて、絹子もついにこにこと顔をほころばせる。

それにしても、一口にお雑煮といっても種類は様々のようだ。

「そんなに地域によって違うものなの？」

帝都生まれの絹子は、お雑煮といえば醤油仕立てのすまし汁を思い浮かべる。

しかしその話を聞いていたひとつ目のあやかしが、

「うちの田舎は出雲《いずも》なんで、小豆入りなんですよ」

と言ったかと思うと、今度は大きな羽を生やしたあやかしが、

「俺んとこは豆腐をすって甘くした汁なんでさ。そりゃもう心に染みる味で」

と言い出す。

それを皮切りに、みんなが口々にうちの地方の雑煮はどんなだこんなだと話しだし

た。

（そっか。みんな、いろんな地方からここに来ているから……）

そんなことを考えていると絹子の背後から、ふわりと花の香りとともに穏やかな男性の声がかかる。

「お、美味しいそうなもの食べてるね」

振り返ると、和装姿に着替えた加々見が興味深そうに絹子を覗き込んでいた。

「あ、加々見様、お帰りになられてたんですね！　お召し上がりになりますか？」

絹子は嬉しさのあまりパッと立ち上がると、思わず自分の皿を加々見に差し出してしまう。すぐに食べている途中のものなんて失礼すぎたと顔を赤くしたところで、くすくすと笑う加々見の声に救われた。

「ありがとう。私はそっちをもらっても全然構わないんだが、そうしたら絹子の分がなくなってしまう。こっちをいただくよ」

古太郎が一通りの種類の餅をのせた新しい皿を用意したので、加々見はそれを受け取ると絹子の隣に腰を下ろした。

絹子は恥ずかしくてそのままそこに正座したが、加々見に「一緒に食べよう」と勧められてようやく箸で餅を掴むとパクリと口に入れた。

もぐもぐする絹子の頭を、加々見はぽんぽんと優しく撫で、自分の餅にも箸をつける。

そのふたりの姿を茜や琳次郎はじめ、周りのあやかしたちは微笑ましそうに見守っている。

寒空の下のはずなのに、そんな温かな空気に包まれた屋敷が絹子はますます好きになった。

そういえば、加々見が恋しいと思う雑煮の味はどんな味なんだろう。

ふとそんな疑問が浮かんで、絹子はごくりと餅を飲み込んだあと、思わず加々見の顔を見つめる。

「ん？　どうした？」

お茶をすする加々見と目が合う。

「今、みなさんとちょうどお雑煮の話をしていたんです。地方によっていろんなお雑煮があるんだなって、初めて知りました。それで、加々見様が恋しく思われるお雑煮の味はどんなものだろう、って気になってしまって」

「雑煮かぁ」

加々見は少し考えたあと、くすくすとっておきの悪戯を思いついた少年のような顔で笑う。

「じゃあ、こうしよう。絹子。君が当ててごらん。私が懐かしく思う雑煮を作って、私やみなに振る舞ってほしい」

突然の言葉に、絹子は驚いて目を丸くする。

「え、わ、私がですか？」

「ああ。君になら当てられると信じてるよ。当てられたらご褒美をあげよう」

そう言われたら頑張らざるを得ない。みなの期待のこもった視線を感じながら、絹子は大きく頷いた。

それになにより、加々見の期待に応えたかった。

「頑張りますっ」

しかし、元気に答えたすぐあとに、彼がぽろりとこぼした言葉が絹子の心を貫く。

「昔よく、あいつと食べたな。懐かしい」

はっと絹子は加々見を見た。彼の目には懐かしさと愛しさが満ちているように思われた。

（あいつって……、もしかしておギンさんのことですか……？）

彼の心の中にはいつもおギンさんの存在があるのだろう。自分はおギンさんの代わりとしてここにいるにすぎない。

彼が本当に愛しているのは絹子ではなく、先代の巫女のおギンさんなのだ。

彼に優しくされればされるほど、嬉しい言葉をかけてもらえばもらうほど、心の中におギンさんの姿がちらついてしまう。

絹子は悲しくなって、加々見に向けていた視線をはぎ取るように庭へと向けた。溢れそうになってしまった涙を見られたくなかった。

「ん？　どうした？　私の頼みが嫌だったか？」

怪訝そうにする加々見に、絹子はふるふると頭を振る。

彼に気づかれないようにそっと指で目元を拭うと、

「そんなことありません。精一杯頑張ります」

できる限りの笑顔で絹子は答えた。大好きな彼に喜んでもらえるのなら、頑張らないわけにはいかなかった。


その翌日から、絹子はノートを手に屋敷の中を奔走していた。

加々見のお雑煮の参考にしようと、数日かけて、屋敷中のあやかしたちから地元のお雑煮のことを聞いてはノートに書き記していったのだ。

そうしているうちに、聞き取ったお雑煮のうちいくつかを、絹子自身が作って屋敷のみなに振る舞いたいと思い始めていた。

あと誰から聞いていなかったかなとノートを見返していて、最後にひとり、古太郎から聞き取っていなかったことに気づく。

古太郎が絹子に向ける視線からは、いまだに氷のような冷たさをひしひしと感じる。

そのため絹子も用事があるとき以外は極力話しかけるのを控えていた。

そんなこともあってお雑煮のことを聞くのは気が引けたが、どうしようか迷っているところにちょうど廊下を向こうから歩いてくる古太郎が目に入った。

(うん。やっぱり、彼にも聞いてみよう……)

意を決して近づくと、「あの……古太郎さん」と話しかける。

足を止めた古太郎の目が、すっと険しくなるのがわかった。

「どのようなご用件でしょうか」

つんとした雰囲気を醸しながら古太郎は慇懃《いんぎん》無礼に聞いてくる。怯みそうになる心を叱咤《しった》して絹子は話を続けた。

「あの……。もしよかったら古太郎さんの故郷のお雑煮の作り方も教えていただけないでしょうか」

おそるおそる問いかけるが、古太郎はフンと鼻を鳴らした。

「あなたが加々見様の雑煮を再現するために、屋敷中のあやかしたちから地元の味を聞いて回っているのは知っています。でも、私の故郷はここから遠く離れているので、知ったところでなんの役にも立たないでしょう」

ぴしゃりと回答を拒否された。それでも絹子はめげずに食らいつく。

「もしできたら、あやかしさんたちの故郷のお雑煮も作ってみたいなと思っているんです。ぜひ、古太郎さんのところのクルミだれのお雑煮も作らせてもらえないかしらと思って……」

「なんのために？」

古太郎はけんもほろろに返してくるので、言葉を飾っても仕方ないと思って、絹子は自分の気持ちを素直に伝えることにした。

「……私のこと、快く思っていらっしゃらないことはわかっています。でも、琳次郎ちゃんと接しているあなたを見ていると、悪い方でないのはわかります。私のような人間が屋敷の中にいることに、抵抗を感じる事情もあるのでしょう。だからせめて、そのお詫《わ》びにと思って……ううん。これからも屋敷の中で一緒に過ごす間柄ですから、せめてものお近づきの印に」

真摯に話すと、古太郎はどこかバツが悪そうに視線を逸らした。

「別に、それは、構わないですが……」

歯切れ悪く話す古太郎だったが、絹子はノートを抱いて顔をパッと輝かせる。

「ありがとうございます！　嬉しい！　この前に聞いたクルミだれのお雑煮の話、とても美味しそうだなと思ってたんです」

そんな絹子を見て、古太郎は観念したように小さく苦笑をこぼした。

「……あなたは、本当に妙な人間だ」

そのあと古太郎は気まずそうにしながらも、絹子へ丁寧に作り方を教えてくれた。

屋敷のみなのお雑煮の作り方を調べたあと、絹子はいよいよ屋敷の厨房へと出向く。

けれど、厨房の中では人の気配がいくつもあるものの、生来の引っ込み思案が邪魔をして声をかけられないでいた。

屋敷の中でもこの辺りは絹子が普段生活している自室やレッスン室とは離れているため、あまり来たことがない。

厨房の中は旧正月の準備で慌ただしく忙しそうだ。また別の時間に来た方がご迷惑にならないかしらなんて悩むものの、そもそもこの厨房に暇な時間などないようにも思える。加々見と絹子の食事のほかにも、屋敷で働く者たち全員の食事もここですべて作られているのだ。四六時中忙しいのは間違いない。

迷ってうろうろおろおろしているうちに、突然廊下の反対から声をかけられた。

「奥様、どうされました……?」

「ひゃっ!?」

慌てて声の方に顔を向けると、そこにはひとりの青年が立っていた。

さらさらと顎のあたりで切り揃えられた金髪に、少年らしさを残した可愛らしい中世的な顔立ち。一見、欧羅巴の人のようだが、背中から生えた大きな黒い翼が彼が人間ではないことを物語っていた。

彼はこの屋敷の厨房長。こう見えても数百年を生きる、天狗《てんぐ》と呼ばれる種族のあやかしだった。

「今日のお昼は物足りませんでしたか？」

空腹のあまり食べ物を物色しに来たと勘違いされてしまったようだ。絹子は慌てて顔の前でパタパタと両手を振る。

「ち、違いますっ。今日のお昼ご飯もとても美味しくいただきましたっ。そうではなくて、あ、あの……今日は、頼みたいことがあってお伺いしたんです」

「頼みたいこと、ですか？」

彼が小首をかしげると、さらさらと金色の髪が揺れる。

「実は……厨房の片隅でいいので、お雑煮を作る練習をさせてほしいんです」

料理なら、実家にいたときも日常的に手伝っていた。雑煮も何度も作ったことがある。しかし、この屋敷に嫁いでから一年近く。ちょっと前に実家に手伝いに戻っていたとき以外は料理をしていない。それで厨房を使わせてもらって、加々見のための雑煮を試行錯誤したいと考えたのだ。

絹子が自分の考えを話すのを、彼はフンフンと真剣に聞いていた。全部一気に話してしまったあと、絹子は自分と同じくらいの背丈の彼の顔をおそるおそる見る。

「旧正月の準備に忙しい中、お邪魔することになって心苦しいのですが……」

自信なさそうに尋ねる絹子に、彼はにっこりとお日様のような明るさで笑った。

「わかりました。片隅と言わずご自由にお使いください。そもそもこの屋敷は加々見様のもの。奥様がお使いになりたいのならいつでもご自由にどうぞ。それに……」

そこで言葉を区切ると、厨房長はなにかを思い出したように頬を緩ませた。

「加々見様が奥様に頼まれてるの、僕も見てましたから。邪魔なんてできるわけないじゃないですかぁ」

そう言われ、絹子は顔を赤らめさせた。

「あ、ありがとうございますっ」

「ところで、どういう雑煮を作るのかはもうお決まりになられているんですか？」

「そ、それは……」

実はまだなにも考えは浮かんでいなかった。これから試行錯誤するにあたり、まずは厨房長の許可を取ってからと思って先にこちらに来たのだ。

「まだ調べている最中です。厨房長様は……ご存じではないのですね？」

屋敷の料理を一手に賄っている厨房長ならなにか知っているのではと仄かに期待してみるものの、彼は申し訳なさそうにゆるゆると頭を横に振った。

「申し訳ありません」

「そうなんですね……」

つい気落ちした声で返す絹子に、厨房長は慌てて言う。

「その代わり、僕に手伝えることがあったら、遠慮なくおっしゃってください。僕も知りたいんです。いつもお世話になってる加々見様が、どんな味を恋しく思われているのか。それがわかれば、これからも何度でも作って差し上げることができますから」

彼の言葉には加々見のためになにかしたいという気持ちがありありと表れていて、絹子の心も温かくなる。

「ありがとうございます」

ぺこりと絹子がお辞儀したところで、ざわざわと騒がしい人の気配を感じた。

絹子も、なにかしら？と思って振り向くと、加々見が足早に歩いてくるところだった。後ろには数人の使用人を引き連れ、歩きながらネクタイを締めるその表情はいつになく引き締まっている。

「加々見様……」

「ああ、絹子。ここにいたのか。ちょっと急用ができて、しばらく戻れないかもしれない」

彼が仕事で外出するのは、いつものことだ。しかし、わざわざ絹子を探して言いに来たということと、彼の険しい表情に絹子は不安を覚える。

「どちらに行かれるのですか？」

「私の会社の持っている商船のひとつが、突然行方を絶った。これから捜索に行ってくる。いつ戻ってこれるかはまだわからない」

加々見は、愁眉《しゅうび》を寄せた。絹子も顔を曇らせる。

彼の持っている商船の多くは、外国や遠方と交易を行う大型船だと聞いたことがある。きっとそこではたくさんの人間やあやかしの乗組員たちが働いているのだろう。

その船のひとつが行方不明となると、乗組員たちの安否も気にかかる。

絹子は、すぐに顔を上げた。

「私は大丈夫ですので、お気になさらないで。屋敷のみなさんと留守を守っております」

彼に心配させたくない一心でそう告げると、ようやく少し彼の表情が柔らかくなったように思えた。

次の瞬間、彼の腕にふわりと抱きしめられる。

「旧正月にはきっと帰るから。それまで待っていておくれ」

絹子も彼の背中に優しく手を添える。

「どうかくれぐれもお気をつけて。そして、早く船が見つかることを心から願っています」

加々見はもう一度、返事の代わりにぎゅっと絹子を抱きしめると、使用人から渡された外套《がいとう》を羽織ってその場をあとにした。

その背中を絹子は彼の姿が見えなくなるまで静かに見送った。

ふと、なぜか彼とこのまま会えないような気がして心細くなってしまったが、そんな不安はそっと胸にしまい込んだ。

そのまま自室に戻った絹子だったが、じっとしているとどんどん不安が強くなっていってしまう。暗くどこまでも落ちていってしまいそうな気持ちを奮い立たせるために、彼のために雑煮を作ろうと決意を新たにする。

（でも、どうやって。厨房長ですら知らないというのに。お雑煮は地方や地域によって違うものらしいから、お山のふもとにある村辺りのお雑煮も調べた方がいいわよね）

そういえば、絹子は帝都生まれ帝都育ちなので、お山のふもとの地域の雑煮がどんなものかすら知らなかった。

（この屋敷に戻ってくるときに世話になった村長さんたちに聞いてみようかしら……。でも、加々見様にはお山から出てはいけないって言われているし……）

どうしようかと思い悩んでいたら、換気のために少し開けておいた窓が外側から突然大きく開かれた。そして、窓枠に白い毛玉のようなものが顔を覗かせる。

「うんしょ。うんしょ。うわ……」

窓枠からぽてんと落ちて、ひっくり返ったまま四肢をわたわたとしている毛玉。

それが琳次郎なのはすぐにわかったのだが、どうやら大きなものを抱えているため起き上がれないようだ。

「どうしたの？」

そばへ行って琳次郎が脚に抱えるようにして持っているものを受け取ると、それは本だった。図鑑のように分厚く、表紙には『全国郷土料理大全』と書かれてある。

「ありがとう、絹子しゃま！　たすきで背中にくくりつけてもらってたんだけど、窓を乗り越えるときにとれちゃって。運び込むのが大変だった！」

琳次郎はくるっと身軽に起き上ると、にぱっと嬉しそうに口を開けて笑う。

「このご本はどうしたの？」

「うんとね。加々見しゃまの会社の人が運んでって言ったの。その人が加々見しゃまに帝国図書館から借りてくるように言われて、僕がここまでもってきたんだよ！」

小さな胸を張る琳次郎の頭を、絹子はいいこいいこと撫でた。

琳次郎の言っていることを整理すると、どうやら加々見が絹子のためにこの本を帝国図書館から借りてくるよう会社の人に頼み、それを琳次郎がこの屋敷まで届けてくれたということらしい。

ぱらぱらと本をめくると、数々の挿絵とともに全国各地の郷土料理の作り方が紹介されていた。雑煮のページもある。

　加々見は忙しいさなかにもかかわらず、絹子との約束を忘れずにいただけじゃなく、絹子を助けようとしてくれた。申し訳なく思うとともに、離れていても自分のことを想ってくれる彼の気持ちが嬉しくてつい顔がほころんでしまう。

「加々見様、ありがとうございます。琳次郎ちゃんも、ありがとう。ここまで運んでくるの大変だったでしょう？」

　絹子に褒められて、琳次郎も「えへへ」と嬉しそう。

　さっそく自分の机に腰かけて、絹子はその本を読み始めた。

　琳次郎は疲れたのか、足元で丸まって大人しくしている。すぐに、すーすーと気持ちよさそうな寝息が聞こえてきた。

　足元に触れるふわふわとした琳次郎の毛の感触を楽しみながら、絹子は本を読み進める。郷土料理は地方ごとにまとめられていて、さらに季節ごとに紹介されていた。

　このお山がある信州《しんしゅう》の雑煮は、出世魚と言われる魚を使うのが特徴らしい。海のない地域だからこそ、正月のハレの日に贅沢に魚を食べようという風習が広まったのかもしれない。

　しかし出世魚と一口にいっても、新潟《にいがた》方面から運ばれてくる鮭《さけ》を入れるものと、飛《ひ》騨《だ》方面から運ばれてくる鰤《ぶり》を入れるものがあるようだ。

（加々見様が親しまれていたお味は、地域的にみて、このどちらかの可能性もあるわよね……）

本人に確かめることもできないから、答えの決め手が見つからず思い悩んでしまう。

（そもそも、かつて加々見様にお雑煮を作って差し上げたのは誰だったのかしら……）

昔、加々見のもとにいた厨房長か、もしくはふもとの村の人々だろうか。

そういえば、三笠家もかつてはお山周辺の大地主だったため、神事にも携わっていたと聞いたことがある。

（あれ……ちょっと待って。そういえば、三笠の家のお雑煮って……）

ぱらぱらと本をめくる。関東の郷土料理を紹介するページをくまなく調べたあと、再び信州のページに戻ってくる。

（やっぱり、三笠の家のお雑煮ってかなり独特なのね。もしかしたら……）

雑煮のヒントが見つかりそうになって嬉しさに本から顔を上げたところで、茜がことりとテーブルにティーカップを置いた。ふわりと甘いミルクの香りが立ちのぼる。

とろりとした白茶色の液体はミルクティーのようだ。

「奥様。そろそろお休みになられるお時間ですよ」

カップを両手で包み込むようにして手に取ると、絹子はふーっと少し冷ましてから口に含む。

口の中で蜂蜜《はちみつ》の甘さがミルクに溶け合い、仄かな紅茶の苦みがすっきりとした味わいを醸し出している。本に集中して疲れた身体が、ふわりとほどけるようだった。

「ありがとう。そろそろ寝るわね」

笑顔でそう茜に返したとき、窓の方からこつんこつんという小さな音が聞こえてきた。

足元ですっかり寝入っていた琳次郎も、ぴくりと耳を動かして音の方に顔を向けた。

絹子は椅子を引いて立ち上がると、音のする窓際へ寄ってみる。

すると、窓の外から口ばしでこつこつとノックするように叩いている白い雀が見えた。窓を少し開けてやると、雀は羽ばたいてすーっと部屋の中に入ってくる。

雀は部屋をぐるっと一周飛んだのち、絹子の肩にとまった。

「これは、加々見しゃまのお使いの……」

琳次郎がそう言うと同時に、白い雀がチュンチュンと鳴く。

すると、絹子の脳裏にとある映像が浮かんだ。

まるで起きていながら、夢を見ているような感覚だった。

どっと流れ込んでくる映像。

山の中。知っている、この景色。あばら屋へと続くお山の道だ。

そこを三人の人間が登っている姿が視《み》えた。

男がひとりと、女がふたり。三人とも見覚えがある。

父の茂と、妹の美知華。それに、継母の蝶子だった。

『待っているんだよ、絹子。今行くからね。私たちの可愛い娘』

『お姉ちゃん、一緒に遊びましょうね』

『絹子さん、いるかしら。早くしないと、もっと大変なことになるわよ？』

絹子は彼らの声をそれ以上聞きたくなくて、思わず両耳をふさいでその場にうずくまった。

そんなことをしても心の中に響く声は消えなかったけれど。

「奥様っ!?」

「絹子しゃま！　どうしたのっ？」

慌てて駆け寄る茜と琳次郎。

絹子は、耳をふさいだまま首を横に振った。髪が、乱れて揺れる。

「来るの……あの人たちが私に会いに、やってくる。私の実家の人たち。でもなんだかすごく、嫌な予感がするの……」

それだけで、茜たちは事態を察してくれたようだった。

「今すぐ、屋敷のもんに言うて追い払ってもらってきます」

「琳次郎も手伝う！」

ふたりがそう意気込んでドアに向かおうとしたときだった。古太郎が部屋へと飛び込んできた。

「絹子様！　ご報告がございます！」

いつも冷静沈着な古太郎が慌てている様子に茜は一瞬面くらったようだったが、すぐに自分がやろうとしていたことを思い出して古太郎に伝える。

「一体、どないしたん？　ウチらも古太郎のとこに行くところやってん。加々見様のお使いの雀が、絹子様の家族が山に入ってきてるって教えてくれたんや」

茜が言うと、古太郎は憎々しげに顔を歪めた。

「くそっ、神の山にこのような仕打ち、無傷で返すものか。目にもの見せてやる」

彼の双眸《そうぼう》を満たす剣呑《けんのん》な光が一層強くなる。

「兄ちゃ、なにがあったの？」

心配そうに琳次郎が駆け寄るが、古太郎は琳次郎から絹子へ視線を移すと言いにくそうに伝えた。

「お山があちこちで燃えています。まだ原因はわかっておりませんが、至るところで火が出ているようです」

「……え。お山が……!?」

なんということだろう。絹子の両親と妹が山を登ってきたことだけでも大事《おおごと》なのに、そのうえさらに山火事が起こっているだなんて。偶然の一致とは思えなかった。

「絹子様。ご心配には及びません。山の火など加々見様が戻ればすぐに消せます。それまで、残った者でお山にいる動物たちの避難誘導をいたします。ここはお山とは隔離された幽世ゆえ、現世の火がこちらまで来ることはありませんが、屋敷をお山の動物たちの避難場所に使いますので、絹子様は念のために帝都にあります本社の方へ」

早口にそう伝える古太郎の口調には、焦りがうかがえた。

絹子は、ぎゅっと胸を片手で掴むと泣きそうな顔で言う。

「ごめんなさい……。火をつけたのは、私の家族かもしれない。……あの人たちが人を使って火をつけたのかも」

だが、古太郎は絹子の言葉を遮るようにぴしゃっと鋭く答えた。

「あなたのせいじゃない。だから、あなたが謝る必要なんて微塵もない」

「そ、そうですよっ。奥様は、私たちがお守りします。どうか落ち着いてご避難のご準備をなさってください」

茜も絹子を気遣って励ます言葉をかけてくれる。足元では心配そうに琳次郎が見上げていた。

みんなの気遣いがありがたかった。

絹子だって、今さらもう実家の家族になんて会いたくない。

それでも、さっき視えた様子からすると、あの人たちの目的は間違いなく絹子だ。火をつけたのもそのためだろう。

彼らは加々見に絹子とは会わないようにと散々脅されたはず。それなのに、こんなことをしてまでお山にやってきたのは、加々見が今ここにいないことを知っているからに違いない。

絹子は琳次郎に小さく微笑みかけると、顔を上げて古太郎と茜をまっすぐ見る。

「私が行かなければ、あの人たちはもっとひどいことをするかもしれない。私の大好きなお山を、旦那様のお山を、もうこれ以上好き勝手になんかさせるわけにいかないの。……私、あの人たちに会いに行ってきます。会って、彼らの用件を聞いてきます」

はっきりとした口調で告げる絹子を、古太郎はじっと見つめる。茜は、おろおろと古太郎と絹子を見比べていた。

古太郎の鋭い視線に怯みそうになるものの、ここで退くわけにはいかなかった。数秒睨み合ったあと、折れたのは古太郎の方だった。小さく嘆息すると、

「わかりました。ただし、ひとりでは絶対に行かせられません。私と、それから腕の立つ者をできるだけつかせていただきます」

「わかりました」

絹子は頷く。足元にいた琳次郎がぴょんぴょんと飛び上がる。

「僕も！　僕も一緒に行くよ！」

それを見て古太郎はしばし顎に手を当てて考えたあと、

「そうだな。お前もまがりなりにも加々見様の使い。お前の目は加々見様の目にもなる。常に絹子様のそばを離れるんじゃないぞ」

「うんっ。まかせて！」

琳次郎はぴょんと絹子の腕に跳びついた。と同時にしゅるしゅると小さくなっていき、絹子の手首に絡みつく。じっと動かなければ、なんの変哲もないブレスレットのようだ。

「行きましょう。絹子様」

古太郎の声に絹子は頷きかけるものの、寸前で「あ！」と声をあげた。

「ちょっと待ってて。すぐ、済むから」

そう断って、部屋の隅に置いてある鏡台へと駆けていく。

鏡台の引き出しを開けると、袱紗《ふくさ》を取り出した。袱紗の中には一本の簪。母の形見の簪だった。

絹子は鏡の前でさっと髪をあげてリボンで結ぶと、その簪を挿す。

ポケットには加々見からもらったお守りも入っていた。

（お母様と加々見様が守ってくれているような気がする）

うん、と鏡の前で決意を込めて頷き、くるりと踵《きびす》を返して古太郎たちのもとへ戻る。

「さあ、これでいいわ。行きましょう」

実家の家族たちに会うのは怖かった。でも、今はもうひとりじゃない。

そう思うと、彼らに立ち向かう勇気が湧いてくるようだった。


屋敷と現世をつなぐ滝の裏から外に出ると、お山の景色は様変わりしていた。

空が赤い。

一瞬そう感じたのは、森が燃えたことで火の粉が舞い上がったためだった。

全身にまとわりついてくる、むっとした熱い風と焦げた匂い。

一緒に来てくれることになったのは、古太郎と、五人ほどの屋敷で働くあやかしたちだった。

ほかの者たちは、加々見を呼びに向かったり、山に住む動物たちの避難誘導などそれぞれの役割についている。

「絹子様。歩くより、こっちの方が早い。乗ってください」

狸の姿になった古太郎が絹子のそばに身体をつける。絹子はひとつ頷くと、横乗りに彼の背中に腰かけ、抱きつくようにしてしがみついた。

「しっかり掴まっていてください」

「は、はいっ」

返事するとともに、古太郎が駆け出す。ほかのあやかしたちもあとについてきた。古太郎はうっそうと茂る木々を巧みに避けながら、疾風のような勢いで山を駆け抜ける。絹子は振り落とされまいと、必死にしがみついていた。

そうこうしているうちに、森を抜けて周りの景色が開けてくる。

視界の先の月の光に照らされた山道に人影が見えた。

(あそこにいるのは……)

松明《たいまつ》を持った人影が三つ。あれは茂たちだと認識した瞬間、

「ぎゃんっ」

後ろについてきていたあやかしのひとりが、突然甲高《かんだか》い声で叫び立ち止まった。

古太郎とほかのあやかしたちも、急ブレーキをかけるように止まる。

何事だろうと思って絹子が地面に下りると、さっきまで後ろにいたあやかしが何者かに襲われていた。取っ組み合いをしていたが、すぐに劣勢になり組み伏せられる。

あやかしの上に馬乗りになって完全に動きを制しているのは、人間のように見えたが……。

(ううん、違う。あれは……)

男の目は赤く光り、にやりと笑ったその口からはオオカミのような犬歯がつき出ていた。よく見ると、髪の間に二本の角のようなものもある。

そのとき、離れた木陰からから一本角の男が上半身を現し、古太郎に向けて弓を放った。狸から人間に戻るところだった古太郎は避けきれない。

とっさに絹子は、古太郎の背を突き飛ばしていた。絹子の身体に矢が突き刺さった……と思った瞬間、スカートのポケットの中でパリンとなにかがはじける音がした。同時に、絹子に刺さる寸前だった矢は粉々に砕け散る。矢を撃った男も、ぎゃっという高い声とともに木陰に倒れた。

ポケットに入れていた加々見からもらったお守りを取り出してみると、袋の中に入っていた硬いものが割れている感触がある。どうやら、お守りが身代わりとなり、絹子を守ってくれたようだった。

（加々見様……！）

絹子はぎゅっとお守りを握りしめ、加々見の加護に感謝する。彼がここにいて絹子を守ってくれたような心強さを感じた。

一方、突き飛ばされた古太郎は血相を変えて絹子に詰め寄る。

「絹子様っ!!　お身体はっ!?」

「あ、だ、大丈夫よ。古太郎さん。ほら、加々様が守ってくださったみたい」

お守りを見せると、古太郎はほっと大きく息をついたあと、再びキッと絹子を見た。

「絹子様っ!! どうかご無茶はなさらないでくださいっ。私どもの命と、あなたの命では価値が天と地ほども違うんです!!」

そうは言われても、古太郎が矢に撃たれるのをみすみす見逃すことなんてできなかった。

「古太郎さんも、無事でよかった」

ほっと頬を緩ませて古太郎の無事に安堵する絹子に、古太郎は一瞬、眼鏡の奥の目をくしゃりと歪ませた。

「あなたって人は……」

そう一言呟くと、古太郎は絹子を守るように前に立つ。

「もうあなたを危険な目にあわせたりしない」

ほかのあやかしたちも、絹子の周りを囲む。

いつの間にか、森の中から二十人ほどの男たちが絹子たちを取り囲んでいた。

男たちは、瞳を闇に爛々と赤く光らせている。爪は猫のように鋭く、オオカミのような犬歯をむき出しにして、獲物を捕まえようとするかのようにじりじりと近づいてくる。

「お気をつけください。鬼の一族です。どうやら、あなたのご家族は鬼どもに取り込まれたようだ」

古太郎が忌々しげに吐き出す。

鬼？　鬼といえば、以前加々見と一緒に帝都へ出かけたときに襲ってきた者も鬼ではなかったか。たしかあやかしの中で最強の力を誇る一族だと聞いたことがある。

「そんな……。ごめんなさい。ごめんなさいっ。私のせいで……」

思わずそんな言葉が口から漏れたが、すぐに古太郎は強い言葉で打ち消した。

「あなたのせいじゃないっ！　あなたはもう私たちと同じ、このお山の一員。加々見様と同等のお方。あなたを傷つける者は、お山の敵であり、加々見様の敵です」

そう、古太郎ははっきりと言い切った。

鬼たちは絹子たちをぐるっと囲んだまま、牙や爪をちらつかせながらもそれ以上近寄ってはこない。代わりに、茂たちが鬼たちの輪の向こう側から呼びかけてくる。

気持ち悪いほどの笑みを顔に貼りつけて、茂が言った。

「絹子。待っていたよ」

「お父様……」

こんな顔は見たことないというほど媚びた表情で、蝶子が言った。

「絹子さん。今まで意地悪をしてごめんなさいね。私、あなたに謝りたいの」

「お継母様……」

不気味な愛嬌《あいきょう》を湛えて、美知華が言った。

「お姉ちゃん。今までごめんなさい。これからはふたりきりの姉妹として、もっとお姉ちゃんと仲良くなりたいな」

「美知華……」

実家にいた頃、絹子のことを散々いじめてきた三人の言葉が本心からのものだとは到底思えなかった。

「あなた方はご自分がなにをしているのかおわかりですか!?」

絹子が問いただすと、茂が笑顔を貼りつけたまま語りだす。

「ああ、知っているとも。でもね、絹子。あのあと急に銀行が融資を取り下げてきてね。借金を一括で返せと言うんだ。そのうえ事業も次々にだめになって大赤字さ。あちこちに頭を下げて融資を募ったが……だめだったよ。私たちは多額の負債を抱えきれなくなった。破産だ。屋敷も取り上げられて、あやうく路頭に迷うところだった」

よく見ると、たしかに舞踏会で会ったときと比べて、すっかり頬もコケて昔の精彩が消えていることに気づく。あれからわずかな期間しか経っていないのに、ずいぶん様変わりしていた。

加々見が彼らに加護を与えることをやめたせいでそうなったことに、絹子は胸がきゅっと詰まったように苦しくなる。

「奥様！　こんなやつらの話に耳を貸す必要などありません！」

古太郎が叫んだ。

だが茂は古太郎には目もくれず、ただ絹子だけを見つめて話し続ける。松明の光に照らされているからか、頬はこけているのに目だけギラついているさまが異様だった。

「なぁ、それなのにお前ばかりいい暮らしをしているのは理不尽じゃないか。そう思うだろう？　お前は昔から心根の優しい子だった。父さんたちがひどい目にあっているのを見捨てられる子じゃない。だから、私たちと一緒に来てほしいんだ。誰からも見捨てられた三笠家だがな、ただおひとりだけ、慈悲の心で金を工面してくれた方がいるんだ。ただしその条件に、お前をその人のもとに連れていかなければならない。なに、心配はない。私たちも今はその人の庇護下にいるが、とてもよくしてもらっているよ」

そう語ると、茂は絹子に手を伸ばす。

「こっちにおいで。私たちは家族じゃないか」

「いらっしゃい、絹子さん」

「お姉ちゃん。また一緒に遊ぼう」

三人は猫撫で声で誘ってくる。

さらに畳みかけるように茂が一段声を低くして言った。

「今、この付近の山々にはその人の配下の鬼たちが控えている。私たちが合図をするか、または消息が定刻までわからないならば、一斉に火をつけることになっている。お前は山神様の嫁になったのだろう？　山神様は山そのものというじゃないか。それを燃やしてしまっても構わないのかい？」

やっぱり、山に火をつけたのは彼らのようだ。

「愚かな人間どもよ。お前らごとき、一瞬で始末してやる！」

古太郎の右手に白い光が宿る。言葉に明らかな殺気を孕んでいた。後ろに控えるあやかしたちもみな、殺気を漲《みなぎ》らせた視線で茂たちを睨みつけている。

それに呼応するように、周りを取り巻く鬼たちも傍目《はため》にもわかるほどに殺気を漲らせた。

このままでは、山にもっと多くの火がつけられてしまう。火が回れば、大きな被害を被るのは山の生き物たちだ。それにもしかすると、加々見もなにかしらの被害を受けるのかもしれない。彼は山神様。山とは一心同体だ。

絹子は山と彼と、彼が愛する山の生き物たちが傷つくことがなにより怖かった。それだけはなんとしても避けなければ。

「待って、みんな」

絹子は古太郎やあやかしたちを手で制する。

「絹子様……？」

古太郎が怪訝な目で絹子を見るので、絹子は小さく頷き返した。

「今は山火事を止めること、これ以上広がらせないことを最優先に考えましょう」

そして、茂たちに視線を向けて静かに答える。

「わかりました。そちらに行きます」

「絹子様っ⁉」

古太郎が悲鳴のような声で叫ぶのが聞こえた。

彼はとっさに絹子の身体を掴もうとするように振り向いたが、間に合わなかった。

彼を避けるように横に出た絹子の身体を、風のような速さで近寄ってきた鬼が抱きかかえる。そして大きく跳躍したかと思えばくるっと一回転し、茂の横に着地したのだ。

地面に下ろされた絹子は、蝶子と茂とに挟まれるようにして腕を掴まれた。

鬼たちは古太郎たちを絹子へ近づけまいと、間に厚い壁を作る。

すぐさま古太郎たちは絹子を取り戻そうと追いかけるが、鬼たちに阻まれてしまう。

今にも乱闘が始まりそうになったが、

「お願いっ。これ以上傷つけ合わないで。私は、大丈夫だから」

そう言われれば、古太郎たちは従わざるを得なかった。忌々しげに鬼たちを睨みつけたあと、

「必ず！　お助けに参ります！」

と古太郎が叫ぶ。その声に絹子は頷き返すと、茂たちに向き直る。

絹子が自分たちを選んだことに、茂たちは大いに喜んだ。

加々見のもとへお嫁に来る前であったなら、彼らに迎え入れられることに絹子自身も喜びを感じただろう。あのときは三笠の家だけが絹子の知る世界のすべてだったから。

でも、今は違う。

絹子は振り返る。こちらを心配そうに見守る古太郎や屋敷のあやかしたち、そしてその奥に見える赤く燃えるお山。

「ごめんなさい……」

小さく呟くと絹子は振り切るように向きを変えて、茂たちとともに山を下りていった。

山のふもとまで来るとすぐに、用意されていた馬車に乗せられた。

逃げないようにするためか、手錠をはめられる。

馬車の向かいの席には茂と蝶子、絹子の隣には美知華が座った。

車内ではずっと美知華が絹子の腕を掴んでいた。それは、もう二度と絹子を離しはしない、自分たちの幸せは絹子にかかっているのだと暗に言われているようだった。

その美知華の手を絹子はなんの感慨もなく、冷めた目で見つめる。

以前、絹子が三笠家にいた頃は、美知華はちょっとしたことですぐに機嫌を悪くして、その手で叩いてきたものだった。だから、その手が怖かったのに、今はなんとも思わない。

（お父様は、もっと大柄だと思っていたわ。お継母様は、こんなに年齢を感じさせるお顔をされていたかしら。美知華は……こんな細くて小さな手をしていたかしら……）

環境が人を形作るのだと、以前読んだ本に書いてあった。だとすると、昔、彼らが大きく恐ろしい姿に思えたのは、単に絹子が置かれていた環境のせいでそう見えていたにすぎなかったのかもしれない。

今の絹子からすれば、なぜこんな人たちに虐げられていたのだろうと不思議に思うくらいだ。もし今の絹子があのときと同じ環境に置かれたとしても、きっと以前とは違う結果になるだろう。

それだけの自信と知恵を身につけられたのは、すべては加々見のおかげ。

こうしてどんどん離れていく今でさえも、彼の与えてくれたもののかけがえのなさを感じて、絹子は胸が熱くなる思いだった。

と、そのとき、左手首に巻き付いていた白いブレスレットが小刻みに震えていることに気づく。ブレスレットに化けた琳次郎だ。

絹子の腕にくっついていた琳次郎も、ここまで一緒に連れてきてしまった。

（ごめんなさい。怖かったわよね……）

申し訳なくてそっと右手でブレスレットを撫でると、次第に落ち着いてきたのか震えが止まっていく。

（この子だけは、なんとか無事にお山へ返さないと）

馬車は止まることなく、一路、暗い夜道を進んでいった。


それから丸一日をかけて、絹子が連れていかれたのはどこかの小高い丘の上にある堅牢《けんろう》な石造りの洋館だった。

絹子はその上階の角にある洋室に閉じ込められる。

部屋には簡素なベッドと、テーブルセットがあるだけ。窓には太い鉄格子がはめられ、ドアにもしっかりと鍵がかけられている。

まるで牢屋のような部屋だった。

ひとりになったことで張っていた気が少し緩んだのか、どっと疲れを感じて絹子は椅子にへたり込むように腰を下ろした。

あれから、お山や屋敷のみんなはどうなったのだろう。火はもう消えただろうか。

ひどいことになっていないといいのだけど。

そして……。

絹子がいなくなったことを知って、加々見はどう思ったのだろう。

怒っただろうか。それとも、悲しんでくれたのだろうか。

彼のことを思うと、胸の奥が苦しくてたまらない。

恋しくて、苦しくて、一目でいいからもう一度彼に会いたいという気持ちで胸がいっぱいになる。

今すぐ、彼のもとへ戻りたくて仕方がなかった。

鉄格子のはめられた窓の外を、雀たちが飛んでいく。

（もし、私にもあやかしさんたちみたいに変化する力があれば、今すぐ雀の姿になってあなたのもとに飛んでいけるのに）

窓の外を見ていた視界が、じんわりと滲む。俯いた拍子に、はらりと頬を濡らした。

（戻りたい……。でも、戻れない。私、加々見様の力になりたいなんて思っていたけど、実際は足手まといになってばかり）

こんな足手まといな妻なんて離縁されても仕方ないのかもしれない、なんて考えが一瞬頭をよぎる。

いっそのことこのまま捨て置いてくれれば、茂たちも諦めるかもしれないし、加々見にもこれ以上迷惑をかけずに済む。

会いたい。でも、会わない方がいいのかも。

相反するふたつの考えが頭の中に交互に浮かんできて、絹子の胸の内は引き裂かれそうだった。

白狸に戻った琳次郎が、前右脚を絹子の膝にのせて心配そうに見上げる。

その小さな頭を優しく撫でた。笑いかけたつもりだったけれど、頬はひきつるだけだった。

と、そこにコンコンというノックの音が聞こえて、絹子は緊張した面持ちで椅子から立ち上がる。すぐに琳次郎も再びブレスレットに化けて絹子の腕に絡みついた。

「……どなた？」

応える声はなく、ギィッと音を立ててドアが開く。

入ってきたのは、ひとりの若い男だった。彼がドアを閉めるとすぐにガチャリと音がした。再び鍵をかけられたようだ。

男の見た目は二十代前半。散切りにした黒い髪とその整った顔つきには見覚えがあった。

男は思いつめたような鋭さのある赤い瞳で絹子を見つめる。

あやかし最強といわれる鬼たちの頂点に立ち、神格を得た男、鬼神・阿久羅。

「阿久羅さん……やはり、あなただったんですね」

名前を呼ばれた阿久羅は、目をわずかに見張ったあと、仄かに笑った。

「名前を覚えていてくれたなんて、光栄」

そう言うやいなや、とんと一歩踏み込むとあっという間に絹子との間を詰めた。

とっさに逃げようと身を引いた絹子だったが、間に合わない。右手を掴まれてしまった。

そのまま強く腕を引かれて無理やり彼の胸に抱かれる態勢になる。

もう片方の手で腰を引き寄せられてしまえば、もがいてもほとんど動けない。

「逃げるな」

阿久羅は低く威圧するような声で一言そう言った。その声に身体の芯まで震え上がりそうだった。

彼はその力で、多くの鬼たちを従え、頂点に君臨しているのだ。

単なる人間にすぎない絹子に敵うはずなどなかった。

それでも絹子は彼を全身で拒否するように、俯いた。恐怖に屈してしまいそうになるのを、唇を噛んでぐっとこらえる。

阿久羅は絹子の顎を無理やり指で上向かせる。阿久羅の赤い瞳がすぐ間近にあった。

「俺の嫁になれ、巫女。そうすれば望むものはなんでもやろう」

射るような強い瞳に目を離すことすらできなかった。

「ならぬのなら、喰ってしまうぞ。そうすればお前の力も多少は俺の血肉になろう。鬼の力をもってすればあやかしの頂点に立つ日もそう遠くはない。だが、人間は別だ。あいつらは脆弱《ぜいじゃく》なくせに姑息《こそく》だ。力だけでは抑えきれぬ。だからこそ、お前の力が必要なのだ。神と人をつなぐ巫女の力がな」

彼の言葉が脅しでないことは、その瞳を見れば察せられた。口元には仄かに笑みを浮かべているものの、目の奥は真剣そのものだ。

絹子は恐ろしさに耐え切れずぎゅっと瞼《まぶた》を閉じる。ぽろりと涙が頬を伝ってこぼれ落ちた。その雫を振り払うように、ふるふると首を横に振った。

阿久羅はしばし絹子の顔を見つめていたが、フンッと鼻を鳴らすと絹子を突き放した。よろよろと後ろに倒れる絹子を、阿久羅が忌々しげに睨む。

「そんなにあの龍がいいのか!? なんでだ！ なんで俺じゃだめなんだ！」

「私は……」

言いかけたところで、阿久羅はなにかに気づいた顔をする。

「ハハン、あの龍が助けに来るのを待っているのだな。だが、あいつは来ないぞ。あいつが手出しできないように入念に準備してきたんだ」

入念に準備という言葉に、最後に見た加々見の背中が思い出される。彼は慌てた様子で行方不明になった自社の船を探しに行ったのではなかったか。

「じゃ、じゃあ、あなたが加々見様の会社の船を……」

ハハハと愉快そうに阿久羅は笑う。

「ああ。船を沈めて船員をばらばらに漂流させたのも、龍を山から遠ざけるため。龍さえいなければ、あの山の結界を破ることだって俺たちの力をもってすれば可能だ。まぁ、思いのほか時間がかかってしまったがな。山を焼いたのだって、すべてはお前を手に入れるためだ」

「そんな……」

巫女を手に入れるためならば、どんな犠牲をもいとわない。その事実に絹子は打ちのめされそうだった。

（私が……私がいたから山も、船も……。加々見様にもあやかしさんたちにも、山の生き物たちにも……なんてことを……）

絹子は座り込んだまま両手で顔を覆う。涙が止まらなかった。申し訳なくてたまらなかった。

そのとき、絹子の腕に絡みついていた琳次郎がぽんと白狸の姿に変わると、絹子の前に立って、しゃーっと阿久羅を威嚇《いかく》した。

「ちがう！　絹子しゃまのせいにすんな！　全部、お前のせいだろ！」

「なにやらさっきから微小なあやかしの気配がすると思ったらお前か」

阿久羅が右足を軽く動かしただけで、琳次郎はその場から蹴り飛ばされた。いや、それほど彼の足の動きが速くて見えなかったのだ。

琳次郎は勢いよく壁にぶつかり床に落ちた。

「琳次郎ちゃん！」

絹子はすぐに琳次郎のもとに行って抱きかかえる。頭を打ったのか白い毛にうっすらと血が滲んで、ぐったりとしていた。息はあるが気を失っているようだ。

絹子は思わず、阿久羅に叫んでいた。

「これ以上、誰も傷つけないでくださいっ」

怖かった。怖かったけれど、自分が傷つけられることよりも遥かに、大切な誰かが傷つけられることの方が怖かった。

涙の浮かんだ顔で、それでもキッと阿久羅を睨みつける絹子。

阿久羅は「ヒュー」と口笛を吹く。

「いいな、その顔。ますます気に入った」

阿久羅は絹子に歩み寄る。絹子は琳次郎をかばうように抱きかかえながら顔を背ける。今度はなにをされるのかと恐ろしくて彼に触れられた瞬間びくっと身体を震わせる絹子だったが、阿久羅は絹子の頬に伝う涙を指で拭っただけだった。

その指をぺろりと舐めると、にっと阿久羅は笑う。

「なら、お前が俺の嫁になることだ。そうすれば、今後一切ほかの者には手出しはしないと誓ってやろう」

そのまま顔を背けていると、彼の足音が遠ざかり、バタンと扉が閉まる音がした。ついでガチャリと外側から鍵のかかる音が室内に響く。

彼が部屋から出ていったことにほっと安堵すると同時に、恐怖がぶり返してきて、身体の震えがなかなか止まらなかった。

幸い、琳次郎の怪我はそれほどひどくはなく、絹子が袖をちぎって作った簡易包帯を巻いてやるとすぐに血が止まり、しばらくすると意識を取り戻した。

鉄格子の外は次第に白んできて夜が明けるのがわかった。

絹子は一睡もすることができず、すーすーと寝息を立てて寝ている琳次郎の毛並みを撫でながら、鉄格子の外を眺めて過ごすしかなかった。

どうすればいいのかなんて、わからない。

鉄格子の窓から下を眺めると、何人もの鬼たちが周囲を見張っているのが見えた。どうやらここは二階らしい。逃げたいけれど、逃げる隙なんてなさそうだ。

かといって、阿久羅の嫁になるなんて絶対に嫌だった。

誰の嫁にもなりたくなんかない。だって、自分は加々見様の妻なのだから。

（私がお慕いしているのは、加々見様だけです。あの人以外の誰かのものになるくらいなら、いっそ……）

加々見のことを思い出すと、愛しさに涙が滲みそうになる。

それに、彼が本当に愛しているのはおギンさんなのだ。身代わりにすぎない自分が、これ以上彼の足手まといになるわけにはいかない。

絹子は後ろにまとめた自分の髪にそっと触れる。そこには簪が一本挿してあった。母からもらった形見の簪だ。

（お母様。こんなことに簪を使うなんて、親不孝な娘をお許しください）

そう心の中で天国にいるだろう母に謝っていると、コンコンと扉が軽くノックされた。寝ていた琳次郎はむくりと顔を上げる。

ギィという音とともに扉が開かれる。

入ってきたのは、茂、蝶子、美知華の三人だった。美知華は手に銀盆を持っている。そして彼らの後ろから最後に入ってきたのは、阿久羅だった。彼は扉を閉めるとそのまま背を預けて寄りかかる。

「よぉ。よく寝れたか？　その顔を見ると、一睡もできてないようだな。だから、いいものを持ってきてやったんだ」

にやにやと勝ち誇ったような笑みを浮かべる阿久羅。

彼が顎でくいっと指示すると、茂の後ろに控えていた美知華が前に出てくる。

「お姉ちゃん、急に連れてこられて疲れているでしょ？　これを飲んで。きっと楽になるから」

美知華は銀盆の上にのった湯呑を差し出した。湯呑にはなにやら飲み物が入っているようだ。だが、わざわざそうやって勧めてくるそれが、単なるお茶や水の類とは思えなかった。

あれは、口にしてはだめなものだ。直感でそう感じる。

「お姉ちゃん、さあ、早く」

美知華は湯呑を手に持つと、なおも差し出してくる。

「さあ、飲むんだ」

「飲むのよ、絹子さん」

茂と蝶子も畳みかける。

阿久羅は腕を組み、絹子たちのやりとりを面白そうに眺めていた。

「それはうちの配下の天邪鬼《あまのじゃく》一族に伝わる秘薬だ。俺の血が混ぜてある。飲めばお前は俺の意志に逆らえなくなり、俺の意のままになるんだ。我を通すより遥かに楽になれるぞ」

そんなもの、飲めるはずがない。

「嫌です」

彼らを睨むと、絹子ははっきりした口調で返した。

途端に、茂と蝶子の顔が露骨に歪む。

「だめだ。そんなことは許さない。蝶子、絹子を押さえつけるんだ」

「ええ」

ふたりが迫ってくる。

絹子も後ろに逃げるものの、すぐ壁に阻まれてしまった。

琳次郎も、絹子の家族である彼らを攻撃していいのか迷っているようで、ただ絹子の前に立ちはだかるしかできないでいる。

あれを飲まされてしまえば、どうなってしまうかわからない。

あと一歩で追いつめられる、そう思ったとき。

とうとう琳次郎が茂の顔に飛びついて容赦なく鼻に噛みついた。

「い、いてててて!」

「あなたっ!?」

琳次郎の攻撃にふたりが怯んだ隙に、絹子は壁に沿って部屋の角へと逃げる。そして髪に挿していた簪を抜き、自分の喉元に突きつけた。

「絹子さんっ!? なにをしているの!?」

「お姉ちゃん!?」

蝶子と美知華が同時に叫んだ。

しかし、それに負けない声で絹子も声を張り上げる。

「来ないでっ！　もう、あなたたちにはうんざり。私はあなたたちの便利な道具じゃないわ！　私は加々見様の妻！　ほかの誰のものにもならない！」

行動だけじゃなく、意思までも奪おうとするのなら、彼らに抵抗するために残された道はこれしかもう思いつかなかった。

絹子は両手で簪を掴むと、自分の喉に突き立てようとした。

だが、

「だめっ!!」

その声に、絹子の手が止まる。叫んだのは琳次郎だった。

「だめっ、早まっちゃだめぇえええええ!!」

琳次郎が噛みついていた茂の顔から離れると、わああああんと泣きながら絹子のところに走ってくる。

しかし、その途中で琳次郎はぴたりと足を止めた。白い耳をぴくっと立てる。

「うん。ここにいるよ！　うん、うんっ、絹子しゃまもいっしょ！」

まるで見えない誰かと会話をするようにひとり言をしゃべる琳次郎。

なにが起こったのかわからずあっけにとられて眺めていると、阿久羅が部屋の真ん中にゆっくりと歩いてきて天井を見上げた。

その顔からはさっきまでの余裕がすっかり消えていた。

「やつだ……」

そう阿久羅が呟いたとき、部屋のドアが勢いよく開いた。

転がるように入ってきたのは身なりのいいスーツを着た鬼の青年。

「どうした？」

青年は阿久羅を見るなりそばに駆け寄って震えた声で叫んだ。

「頭領！　結界が次々に破壊されています。もう最後の結界が砕け散るのも時間の問題です！」

「なんだって!?」

驚く阿久羅。

一方、琳次郎はうんうんと頷きながら、耳を立ててなにかを聞くようなそぶりをしていたが、

「うんっ、わかった！　絹子様は僕が守る！」

はつらつとした声でそう言うと、瞬時に琳次郎の小さな体がぶわっと数倍に大きくなる。

「え……」

絹子もほかの面々もなにが起こったのかわからず呆然とする中、

「絹子しゃま、来るよ！　しゃがんで！」

そう叫びながら、大きくなった琳次郎は絹子に飛びついた。

わけもわからず絹子がその場にしゃがみ込むと、琳次郎が絹子の身体をすっぽりと覆うようにかぶさった。

それとほぼ同じくして、ブンと大きな鈍い風切り音がした。

（え……なにが起こっているの？）

と、琳次郎のふかふかした毛に包まれるようにしてうずくまる絹子の耳に、数秒遅れてバリバリバリバリとなにかが引きちぎれるような凄まじい音が襲いかかった。

「きゃっ……！」

とっさに耳をふさぐ。琳次郎の脚の隙間から見えた部屋の様子は、まるで嵐にでも巻き込まれたかのようだった。

しかしそれもほんの数秒のこと。凄まじい風切り音は始まったときと同じように突然やむ。

覆いかぶさっていた琳次郎はするするともとの大きさに戻って、絹子の背中の上からぴょんと床に下りた。そして彼は前脚をきちんと揃えてお座りをすると、なにかを待つようにまっすぐに上を見上げる。

「なにが、起こったの……?」

部屋の中にあったベッドも椅子も原型がわからないほどに壊れて散乱していた。

茂たち三人は脚の壊れたテーブルの陰に隠れるように身を寄せて震えていた。

ただひとり、阿久羅だけは部屋の真ん中に立ったまま、琳次郎と同じように天井を見上げている。上空から激しい風が巻き起こって、彼の服をはためかせていた。

阿久羅は犬歯をむき出しにして、憎しみのこもる声で叫んだ。

「すべての結界を壊しやがったな!」

(上……?)

わけがわからず絹子は天井を見上げて、息をのんだ。

そこにあったはずの天井が消えていた。

代わりに見えたのは、今にも雨が降りだしそうな曇天《どんてん》の空。その雲間から、金色の太いなにかが緩く渦を描くように浮かんでいる。

あれは、龍だ。

黄金色に輝く鱗に覆われた巨大な龍が、その大きな頭をこちらに向けて空から絹子たちを覗き込んでいた。

「加々見様……!!」

絹子が両手を伸ばして声をあげると、龍はわずかに口端を上げて笑ったように見えた。

次の瞬間、絹子の真上から大量のなにかが落ちてくる。

それは水だった。

反射的に身をすくめて目をつぶる絹子だったが、不思議なことに水が降ってくる感触はなかった。代わりに、ふわりと抱きしめられる感覚におそるおそる目を開ければ、目の前に愛しい彼の姿があった。

「迎えに来たよ」

にこやかに微笑む、上品な三つ揃えに身を包んだ加々見。

いつの間にか絹子は彼の腕の中にいた。

「加々見様……」

会いたくてたまらなかった彼の姿を目の当たりにし、我慢していたものが一気に溢れそうになって、じんわりと涙が滲む。

それを加々見は指で優しく拭ってくれた。

「迎えに来るのが遅くなってしまって、申し訳ない」

絹子はぶんぶんと首を横に振った。

「私の方こそ、勝手に出てきてしまって……ごめんなさい」

無断で出てきて心配をかけてしまったことが申し訳なくてたまらない。

気まずさに彼から目を逸らすが、加々見は絹子がいまだ固く握ったままだった簪を持つ手に自らの手を重ねた。

「これは君を飾るためのものだ。君を傷つけるためのものじゃない」

そう言うと、彼は絹子の手からするり簪を抜き取って絹子の後ろ髪に飾り、その頭を愛しげに胸へと抱き寄せた。

ぎゅっと絹子を抱きしめたあと、彼はゆっくりと視線を室内に向ける。その金色の瞳は絹子に向けられていたものとは打って変わって、鋭く厳しいものだった。

「さてと。お前には、どう落とし前をつけてもらおうかな」

そのとき初めて絹子は周りの景色が大きく様変わりしていることに気づいて、目を見張った。

室内にいたはずなのに、なぜか絹子たちは瓦礫《がれき》の上に立っていたのだ。四方の壁はなくなり、辺り一面大雨が降ったかのように濡れている。

数秒の間をおいて、先ほど落ちてきた大量の水がこの堅牢な石造りの洋館を内側から壊したのだということを絹子も理解した。

それなのに、不思議なことに絹子も加々見も一滴も濡れていないのだ。彼の足元にちょこんと座る琳次郎もふわふわの毛のまま。

茂たちの姿を探した絹子は、彼らが瓦礫の一角に引っかかるようにして倒れているのを見つける。わずかにうめき声が聞こえるので、命に別条がないことを知り、絹子はほっと胸を撫でおろす。

部屋の中央。山になった瓦礫の上では阿久羅がひとり、加々見を睨みつけていた。その両手には真っ赤に燃え盛る炎をまとっている。

「ここは古《いにしえ》からの俺たちの拠点。幾重にも慎重に重ねて結んでおいた結界をよくも壊しやがったな。だが、あれらをすべて壊したとなれば、お前の力も相当削がれているはずだ。そんな身体でたったひとり、俺を相手にして勝てると思ってんのか!?」

そう言うやいなや、両手に作った火球を次々に投げつけてくる。

火球は床や壁に着弾すると、激しい音をあげて爆発した。

加々見はひょいっと絹子を抱きかかえると、身軽な動作で火球を避け、天井のなくなった壁の上にとんと飛び乗った。

「たしかに疲れたが、お前くらいなら造作もないが？」

「ふざけろ！　ここは俺たちの本拠地だって言ってんだろ。お前は飛んで火にいるなんとやらだ！」

見ると、いつの間にかこの建物を取り囲むように人垣ができている。

阿久羅の配下の鬼たちだった。

何十人、いや何百人いるのだろうか。鬼たちは手に刀や銃、弓などの武器を携えていた。その一部がどんどん建物によじ登ってくる。

阿久羅の合図ひとつで、彼らは一斉に襲いかかってくるだろう。

阿久羅は勝利を確信したかのように、高らかに笑った。

「龍は滅され、巫女は俺のものになるんだ！」

しかし加々見は絹子を抱えたまま、冷静そのもの。落ち着いた声音で言う。

「たしかにあれだけの結界を破るのは骨が折れたな。さすが鬼族といったところか。だがな、言っておくが、絹子はものじゃない。巫女じゃなくたって、私は絹子を妻に迎えただろう。その気持ちがお前にわかるか？」

そして絹子を優しい視線で見下ろすと、尋ねる。

「絹子。君が好きなのは誰だい？　誰と生涯を過ごしたい？」

急に問われて絹子は目をぱちくりさせるが、真摯な瞳に見つめられて真面目に問われているのだと気づき、はっきりと自分の気持ちを口にする。

「私は……私は、加々見様をお慕いしております。私が愛しているのはあなたただひとりです」

言ってから、急に恥ずかしくなってぼっと顔が熱くなった。争う相手とはいえ、阿久羅やほかの鬼たちに聞こえてしまっただろう。それを思うと恥ずかしくて仕方なかった。

絹子の愛の発言に、加々見は愛しくてたまらないというように目を細めて微笑む。

「私もだよ。ただひとり、絹子、君だけを生涯愛そう。君のためなら、世界を壊したって構わないと思ってしまうほど、私は君にぞっこんなんだよ」

そして阿久羅に視線を投げると、不敵に微笑む。

「というわけで、お前の負けだ。薄々気づけ」

阿久羅は面食らったように言葉をなくしていたが、はっと我に返って怒鳴る。

「なに言ってんだ！　現状を見ればどうしたって……」

阿久羅の言葉を無視して、加々見は絹子の耳にささやいた。

「絹子、感じてごらん。君は巫女だ。君なら、感じ取れるはずだ。辺り一帯に住む人たちの気が」

言われた通り絹子は静かに目を閉じた。

先ほどまであれほど乱れていた心が、愛する人に守られていると思うと驚くほど落ち着いていられた。

(感じろと言われても、どうやれば……)

とりあえず、耳を澄ませるように辺りに意識を巡《めぐ》らせる。すると、自分を取り巻く青い滝のような太く荒々しい気配を感じた。

これは、加々見のものだ。

次に目の前に赤く燃える火柱のような鮮烈な気配を感じる。

これは、阿久羅のもの。

そして、この建物の周りに同じく赤い小さな炎の気配をたくさん感じた。

おそらく建物を取り囲む鬼たちのものだ。

絹子は意識をさらに遠くまで広げる。静かな水面に一滴の雫が落ち、それが波紋を広げるように。

どんどん意識は平野をたどっていく。川を越え、大地を走る。

地形が手に取るようにわかった。

やがて絹子の意識は、小さな明かりがたくさん灯る場所へたどり着いた。

（ああ、これは……生きている人たちの命の輝き……）

絹子の意識は同時にいくつもの村や街を捉えた。人が集まるところは小さな白い明かりが集まり、ひとつの大きな輝きのように見えた。

ここまで、ほんの一瞬だった。

絹子は目を開くと、はっきりと口にする。

「これが、人の気というものなんですね」

加々見は、ひとつ大きく頷いた。

「ああ。さすがだ。君はもう、神と同じ感覚を身につけている。でも、巫女の力はそれにとどまらない。借りてごらん。その命の輝きひとつひとつから、少しずつ。ひとりから借りる力はわずかでも、数が集まればそれは巨大な力となる。借りた分はいずれ、私が祝福として返そう。みなに少しずついいことが起こるだろう」

加々見が絹子をそっと隣に下ろす。壁の上はかろうじて両足がのる程度しかなかったが、それでも右手を加々見がしっかり掴んでくれているので不安はなかった。

(みんな……少しずつ、力を貸して……)

願いを頭に浮かべた途端、左手に細い金糸のような糸が何本も何本も集まってくるのが見えた。それはすぐに数えられないほどの本数になる。思わず絹子は左手を掲げた。その手に四方八方から太い金糸が幾本もシュルシュルと取り込まれていく。

集まった力は絹子の身体を通って、加々見とつないだ右手へと抜けていく。

すると、加々見の金色の瞳がより強さを増し、その銀色の髪が金色に輝きだした。

それを見た阿久羅は悔しそうに顔を歪めて吠える。

「くそっ！　これが、巫女の力か……欲しい。絶対、諦めねぇからな！」

両腕から巨大な火の玉を作り出して、渾身《こんしん》の力で加々見たちに投げつけてきた。

しかし、加々見が軽く手を払っただけで火の玉は空中に霧散《むさん》する。

「だめだ。絹子は私のものだからな。そろそろお仕置きの時間だ」

にやりと笑みを浮かべると、加々見はパチンと指を鳴らした。

一度鳴らすと、飛びかかってきた阿久羅が消えた。

もう一度鳴らすと、屋敷を取り囲んでいた鬼たちが消えた。

三度目に鳴らしたときには、美知華たちが消えた。

辺りはすっかり、静かになった。

「か、加々見様……？　あの方たちは……」

絹子の問いに、加々見はフフと笑って答える。

「ああ、心配ない。君からもらった力を使って強制的に、ちょっと遠方に飛ばしたんだ」

「遠方、ですか？」

「ああ。北の大地、今は北海道《ほっかいどう》という。あそこに私が所有している開拓地があるんだ。そこに当分、閉じ込めておこうと思ってね。本来、ヒグマなどが入ってこないように結界が張ってあったんだが、絹子の力の残りを使って結界をありったけ強化しておいたから、あいつらでも壊せないだろう」

美知華たちも一緒に北海道の開拓地に飛ばされたようだ。

「それに、君の家族たちにまた面倒なことを起こされても困るんでね。いっそ自分の管轄内に閉じ込めてしまった方がいい」

裕福な暮らしに慣れた彼らに開拓地での生活は大変かもしれないが、なんとか馴染んでほしいと今は祈るしかない。

それに彼らがもう絹子の大切なものを傷つけることはないと知って、心底ほっとしているのも確かなのだ。

「加々見しゃまと絹子しゃまに敵うやつなんていないんだもんっ！」

もとのサイズに戻った琳次郎が二本脚で立ってむんっと自慢げに胸を張ったから、絹子はくすりと笑みをこぼした。

「琳次郎ちゃん、ありがとう」

そして加々見を見上げると、気恥ずかしそうに伏し目がちになって言う。

「加々見様、ありがとうございます。ご迷惑おかけしてしまって……」

まだ右手はつないだままだった。その手を離そうとしたが、それより早く加々見がぎゅっとつなぎ直す。

「礼を言うなら、私の方だ。君が無事でよかった。君にもしなにかあったら、私はすべてを呪って祟り神になりかねない」

「そうなったら、私は祟り神様の巫女ですね」

どちらからともなく、笑みがこぼれた。

「でも、加々見様はなぜここがおわかりになられたんですか……？」

絹子自身も今いる場所がどこなのかわからないのにと、不思議に思って尋ねると、

「君に渡したお守り。あれには、私の鱗の欠片が入っているんだ。だから、あれを身につけている限りどこにいるかすぐにわかるんだよ。その、君がどこにいるのか常に把握してないと心配で……」

と、少しバツが悪そうに答える加々見。

「それに、私の使いである琳次郎も一緒だったからね。古太郎たちから屋敷のことも聞いている。私の方こそ、君を巻き込んでしまってすまなかった」

そこで絹子は、はっと思い出す。

「そうだ、お山が燃えてしまって……」

あちこちに火をつけれられて燃えてしまったことを報告しようとしたのだが、加々見はすべてを包み込むような微笑みを返す。

「お山なら大丈夫だ。火はすべて私が消した。多少煙に巻かれた動物や鳥もいたが、命を落としたものはいない。植物たちにも応急処置として私の力を注ぎ込んだおいたから、やがて芽を吹き返すだろう。君のおかげで被害は最小限で済んだと聞いた。本当に、ありがとう」

加々見は絹子を引き寄せると、大きな胸に絹子を抱きしめた。もう二度と離さないとするかのように。

絹子ももう二度とそばを離れたくないと、彼の背中に手を回してぎゅっと抱きしめ返す。

　加々見は愛しくてたまらないといった手つきで絹子の髪を優しく撫でた。

「今日はもう旧正月の元旦だ。今年は絹子が私の屋敷に来て初めての旧正月だからな。盛大に祝おう」

　そう言われて、絹子は加々見から出された宿題のことを思い出した。餅つきをした日からまだそれほど経っていないはずなのに、あれからいろいろありすぎて遠い日のことのように思えた。

「加々見様が懐かしく思われるお雑煮の味、ひとつ思いついたものがあるんです。屋敷に戻ったら、試しにお作りしてみてもいいですか？」

　絹子が言うと、

「それは楽しみだな」

　加々見は嬉しそうに目を細める。

　しかし彼のそんな姿を見て、絹子の心はチクリと痛むのだった。彼はその味をかつて誰かとよく楽しんだと前に話してくれた。その誰かとは、おギンさんなのではないかという疑問が再び頭をもたげてくる。

　自分はどこまでいっても、おギンさんの代わりにすぎないのだ。彼が本当に愛しているのは自分ではなく、彼女なのだから。

そう自分を戒めては、ひとりでつらくなってしまう。

加々見から愛ある振る舞いをされればされるほど、心の中におギンさんの姿がちらついてしまって素直に受け止められない絹子だった。

そんな心の内が、つい顔に出てしまっていたのだろう。加々見が心配そうに声をかけてくる。

「ん？　どうした？　なんだか浮かない顔をしているが」

絹子は視線を下に向け、静かに首を横に振る。

「いえ……なんでもないんです」

だが、ごまかそうとする絹子を加々見は逃がさなかった。絹子の顔を両手で包むようにすると、顔を上げさせ真摯に見つめる。

「私たちは夫婦だろ。なにか気になることがあるなら、なんでも言ってくれ」

金色の瞳に見つめられると、絹子は抗うことなどできなかった。たまらず溢れ出た思いの丈が口をついて出てくる。一旦話しだすと、止まらなかった。

「……もしかして、一緒にお雑煮を食べた相手というのは、先代の巫女のおギンさんのことかなと考えてしまって。彼女のことを考えると……加々見様がくださる優しさはすべて、本当は私に向けられたものではなくて、かつて愛してらした先代の巫女様に捧げられたものなのではないかと思えて苦しくなってしまうんです」

溢れ出る負の感情をぶつけるように漏らしてしまった。

それなのに、彼はきょとんとした顔で目をぱちくりさせる。

「え……私が、ギンを愛していた……って？」

「だ、だって、……古太郎さんが教えてくださいました。加々見様は先代の巫女様をとても大事にしていて、私はその身代わりにすぎないって……」

しどろもどろに答えると、加々見は少し考えた素振りをしたあと、ひとつため息をついた。そして絹子の手をぎゅっと握ると、強い瞳でまっすぐに絹子を見つめる。

「絹子、よく聞いてほしい。たしかに私はギンのことはとても大切に思っていた。大事な大事な親友だった。でも、あいつは男だ」

「……え？」

一瞬遅れて、鼻の奥から抜けるような声が出た。

頭の中にあった美人なおギンさんの像ががらがらと音を立てて崩れていく。

「あ、えと……男の方を好む方もいらっしゃると聞きますが、もしかして……」

「たしかに神の中には両刀も多いけど、私は違う。同じミコと呼んでも、男の場合は〝巫子〟と書く」

加々見は右手で空中に字を書いてみせた。

「じゃ、じゃあ、一緒にお雑煮を食べていたというのも……」

「ああ。当時はまだ私の屋敷もそんなにあやかしがいなかったからな。正月くらいは屋敷に来いと招いて、一緒に餅をついて食っていた」

体中の力が一気に抜けそうだった。

あれだけ気になっていた存在が、まさか男性だったなんて。勝手に恋の対抗者、いや、圧倒的勝者として妄想してはひとりで思い悩んでいたことが急に恥ずかしくなり絹子は頬を赤らめる。

しかもそれを加々見に知られてしまったのだ。いたたまれなくなって、思わず彼から背を向けてしまった。

呆れられると思ったが、しばらくして背中から聞こえてきたのはフフという柔らかな笑い声だった。

「私が愛している人は、君以外にいない。今も昔もだ」

背中から包み込まれるように抱きしめられて、耳元でささやかれる言葉はどこまでも甘い。

「私が君を妻に迎えたのは、巫女だからというだけじゃない。君じゃなきゃだめなんだ。私が心を奪われたのは、君ただひとりなのだから」

憂いが消えたおかげか、彼の言葉がすっと絹子の心に染み入ってきて心の中を幸せで満たしていく。彼に包まれて、身体全体が蕩《とろ》けてしまいそうだ。

絹子は加々見に向き合い、彼の胸に身体を預けた。

「加々見様をお慕いできて、私は幸せです」

幸せ、という言葉が自然と口をついて出た。

彼と出会うまで幸せなんて知らずに生きてきた。幸せというものがどういうものなのかすら、わからなかった。そんなものは自分の人生には無縁なものだと、とうに諦めていた。そんな薄幸の少女はここにはもういない。彼を愛せることが、嬉しくてたまらなかった。

彼のことを思うだけで、心の中が愛しい温かさで満たされてくる。

「ああ、私もだ。絹子。君を二度と離しはしない」

加々見は絹子の髪をかき上げると、首筋に顔を近づけて熱い口づけを落とした。

びっくりして思わず彼の首筋に抱きつく絹子に、フフと笑みをこぼす。

「慣れてもらわないと困るな。もっと触れ合いたくてたまらないんだ」

「そ、そうだとしても、こ、こんなところじゃ……！」

ついふたりだけの世界に入り込んでしまって忘れがちになっていたが、ここは廃墟と化した建物の壁の上なのだ。しかもそばには琳次郎までいる。

そこまで考えて、琳次郎の姿が見当たらないことに気づいた。どこに行ったのだろうと辺りを見回すと、いつの間にか琳次郎は建物の前で二本脚で立ち上がり、外に向かって大きく手を振っていた。

「こっちこっち！　はやくはやく！　加々見しゃまも絹子しゃまもこっちだよ！」

その向こうにはパカパカと脚音を鳴らして、見慣れた馬車が走ってくるのが見える。

加々見の屋敷の馬車だ。

「なんだ、もう迎えが来てしまったか」

少し惜しそうに加々見が言うので、絹子もくすり笑みをこぼす。

「さあ、厄介なやつらも片付いたことだし、屋敷に戻ろうか。みんな心配して、君の帰りを待ってるよ」

加々見は、せいせいした表情で絹子に言う。

「はい。でも、ここはどこなんでしょう」

「伊豆《いず》辺りかな。この辺りには幽世に道をつなげていなかったから、馬車で帰るしかない。大丈夫かい？」

舞踏会に向かう紳士のごとく、優雅に手を差し出す加々見。

絹子は淑女のように彼の手に自分の手を添えると、カーテシーをするように軽く足を折った。

「ええ、もちろんです」

狭い壁の上でも態勢を崩さなかったのは、度重なるダンスレッスンで体幹が鍛えられたおかげだと密かに思った。

加々見とともに屋敷へ戻った絹子を、古太郎や茜、それに屋敷のあやかしたちみんなが大喜びで迎えてくれた。

茜は、目元を拭うエプロンをぐしょぐしょに涙で濡らして「よかった……無事に戻ってきはって、ほんまよかったぁ……」と絹子の無事を喜んでくれる。

琳次郎は古太郎を見るやすぐに飛びついて、「あのね！　あのね！　琳次郎、頑張ったんだよ！　絹子しゃまも頑張ったの！　加々見しゃまもすごかったの！」と興奮した様子で報告する。古太郎は頷きながら安堵の面持ちで聞いていた。

ほんわかとした兄弟分の再会だったが、それを加々見のやけに冷めた声が遮る。

「そうだ、古太郎。絹子に聞いたが、彼女にギンのことを私の最愛の女性だと伝えていたんだって？」

「そ、それは……」

加々見の言葉に、いつもは冷静沈着な古太郎の目がおどおどと落ち着かなくなる。

「お前の人間への恨みつらみは重々承知だが、絹子にわざと誤解されるような物言いをするのは捨て置けないな」

加々見の金色の目の奥で、仄かにゆらりと炎がゆらめくのが見えた気がした。

古太郎は丸っこい耳も尻尾もぺたんとさせて恐縮していたが、加々見が古太郎に手のひらを向けると、古太郎の身体がぽんと黒狸の姿へと変わった。

古太郎の胸に抱かれていた琳次郎は、彼の頭の上に落っこちてそのましがみつく。

「お仕置きとして、しばらくもとの姿のままで過ごせ」

「……はい。加々見様。絹子様。申し訳ありませんでした」

そう言うと、彼は琳次郎をのっけたまま深く頭を下げた。絹子は慌てて言う。

「あ、あの、そんなに気になさらないでください。古太郎さんにもご事情がおありだったんでしょうから……」

しかし、古太郎は顔を上げると、鼻の上にちょこんとのせた眼鏡の奥からしっかりと絹子を見つめた。

「いえ。本当に申し訳なく思っています。たしかに初めは人間がこの屋敷に来ることを快くは思っていませんでした。……でも、今は違います。あなたは私を裏切った人間たちとはまったく違っていた。あなたは誰にでも分け隔てなく優しく接することのできる、しなやかで芯の強い方だ。もはやこの屋敷にはなくてはならない存在です」

そこに琳次郎が頭の上から尋ねてくる。

「つまり、兄ちゃも絹子しゃまが大好きってこと？」

「そ、そういう意味じゃ……いや、否定するのも違うけど、でも……」

どぎまぎしだす古太郎に、今度は加々見がむっとしたような顔をすると絹子を後ろから抱きしめた。

「絹子は私のものだぞ」

「か、加々見様……」

みんなの前で急に抱きしめられて、絹子の顔は真っ赤になってしまうのだった。

屋敷のあやかしたちに、穏やかな笑みが広がる。

「ほらほら。お疲れでしょうから、まずはゆっくりお部屋でおくつろぎくださいませ」

茜に促されて、ようやく加々見は絹子を離すと、代わりに手をつなぐ。

「おかえり、絹子」

「ただいま戻りました。加々見様」

温かな視線を交わし合うと、微笑みが口元に浮かんだ。

ようやく戻ってきたのだ。愛しい我が家。愛しい旦那様のもとへ。

手をつないだまま玄関へと入りながら、そういえば、初めて彼と出会ってこの屋敷に連れてこられた日にも、こうやって手をつないで屋敷に入ったことを思い出す。

あのときは不安でいっぱいだったけれど、今はあのときには考えられなかったほどの幸せで満ちていた。

厨房長をはじめとする厨房係たちが、絹子のためにいつも以上に腕を振るわなければばと言って威勢よく厨房に戻っていく。

おりしも、日付はすでに旧正月の初日を迎えていた。屋敷の入り口にも立派な門松も飾られている。

絹子は厨房長の背中に、思い切って声をかけた。

「あ、あの……。お願いしたいことがあるんです」

厨房長は一瞬不思議そうな顔をしたが、すぐに「ああ、あのことですか」と合点がいったようだった。


その日の晩は、大広間でみなでお節をいただくことになった。

厨房長はじめ厨房係のあやかしたちが腕を振るい、お節だけでなく、刺身の舟盛りやローストビーフなどたくさんの料理にお屠蘇《とそ》まで用意され、大宴会だ。

その宴会のさなかに、一杯の雑煮が振る舞われる。

全員のところに椀が行き届いても、誰も口をつけようとはしなかった。

屋敷の誰しもが、それは絹子が作った加々見のための雑煮だとわかっていたからだ。

みなの視線が加々見と、その隣に座る絹子に集まる。

絹子は緊張した面持ちで正座して、加々見の反応を待っていた。

加々見はその椀を手に取ると、じっと見つめる。

そして、こくりと一口汁を飲む。次に中の具を食べて、ほうっと息をついた。

その様子を絹子は固唾をのんで見守っていた。

加々見は絹子に視線を向けると、ふわりと優しい笑みを湛える。

「ああ……これは、まさに、私が食べたかった味だ。当たりだよ。よくわかったね、この味だって」

あやかしたちから一斉に歓声があがった。絹子に「おめでとう」「さすが、絹子様！」とやんややんやと声がかけられる。

絹子は安堵とともに、嬉しさで顔をぽっと紅潮させる。

「加々見様にかつてお雑煮を振る舞っていたのは誰だったのかなって、考えてみたんです。そうしたら、私の祖先の人たちだったんじゃないかって思い当たって。考えてみたら、三笠家で母が作ってくれたお雑煮は関東風とは違いました。それで、もしかしたらこの味なんじゃないかと思ったんです……」

三笠家の雑煮は、信州風に塩サバをつかった醤油だしのものだ。しかしそこに、餡子餅を入れるという、絶妙なあまじょっぱさとうま味のある雑煮だった。

蝶子たちが三笠の家に入ってからしばらく経つと、いつの間にか三笠家の雑煮は関東風のものに変わってしまったが、それでも絹子は幼い時に食べた味を忘れてはいなかった。

「なんだか嬉しいです。私が懐かしく思う味が、加々見様にとっても懐かしい味だったなんて」

嬉しそうにする絹子を、加々見は愛しそうに見つめる。

「私もだよ」

そう言ったかと思うと、急に絹子の顔の前がふさがれた。すぐ目の前に加々見の顔がある。間近で見つめられてトクンと胸が高鳴った次の瞬間、彼の顔が近づいてきて、唇が重なった感触に蕩けそうになる。

しかし、すんでのところで大勢の屋敷のあやかしたちの前だったことを思い出して、べしべしと加々見の肩を叩く。

加々見は顔を離すと、悪びれもせずに笑った。

「ご褒美をあげるって約束してたからね」

「こ、こんな人前はやめてくださいっ」

「おや？　じゃあ、人前じゃなければいくらしてもいいのか？」

絹子は耳まで真っ赤にして、黙って雑煮に口をつけた。

甘じょっぱい雑煮がさらに甘じょっぱく感じられた。

そして密かに、明日からは茜や古太郎たちの故郷のお雑煮も作ってみようと楽しみを膨らませる。

――とあるお山には山神様が住んでいて、その神様に娘を嫁として捧げると一族はあつい加護を得られるという。

人はそれを生贄婚と呼び、嫁がされる娘を哀れんだ。

しかし、嫁いだ娘のその後を知る者は少ない。

実はその娘が、嫁いだ先で大きな幸せを手にしていたということもまた、世に知られることはないのであった。

完

あとがき

こんにちは、飛野 猶です。このたびは本作をお手にとっていただき、ありがとうございます。


この物語は、虐げられた少女が実家を没落から救うために山神様の妻として生贄に捧げられるところからはじまります。

神様の妻といっても、彼女がひとりで置き去りにされた場所は山奥にあるボロボロのあばら屋です。信仰対象である山神は山そのもの。彼女は山を夫とし、その山にあるあばら屋でひとり寂しく暮らすことになったのです。そんな絶望的な状況にあった絹子ですが、ここから彼女のシンデレラストーリーははじまります。

それと同時にこの物語は、家族から虐げられて笑うことすらとうの昔に忘れてしまった少女が、実は実在していた山神・加々見の深い愛に包まれて自信をとりもどしていく成長の物語でもあります。

元となっているのは、『第13回キャラクター短編小説コンテスト「明治・大正時代のあやかし」』にて最優秀賞に選ばれました短編小説です。コンテストで応援してくださった皆様、選考に携わってくださった編集部の方々、本当にありがとうございました。実はこの短編はコンテストの締め切り数日前に突然思いつき、衝動にかられるままに一日で書き上げたものでした。私自身は書き上げたことですっかり満足していたのですが、予想以上に多くの方々に楽しんでいただけて嬉しかったです。

とはいえ、書籍化のお話をいただいてから長編小説として完成させるまでに二年近くの時間がかかってしまいました。それでも根気強くお付き合いくださった担当編集様、長らくお待たせして申し訳ありません！　なんとか本の形にまですることができたのは担当編集様のおかげです。ありがとうございます！

そして、素敵なカバーイラストを描いてくださった夏目レモン様。美麗な加々見と、美しくも華やかな白無垢姿の絹子ありがとうございます！　絹子の、とまどいつつも加々見に心を許しつつある絶妙な表情がなんとも可愛らしくて仕方ありません。

この作品にたずさわってくださった多くの方々にも、あつくお礼を申し上げます。

さらに、この物語を読んでくださった読者の皆様。お読みいただきありがとうございます！　楽しんでいただけましたら望外の喜びです。

二〇二三年二月　飛野猶

この物語はフィクションです。実在の人物、団体等とは一切関係がありません。